# Extorsion

suivi des chapitres 4 et 8 de

Perfidia

Du même auteur
chez le même éditeur

Lune sanglante
À cause de la nuit
La Colline aux suicidés
Brown's Requiem
Clandestin
Le Dahlia noir
Un tueur sur la route
Le Grand Nulle Part
L.A. Confidential
White Jazz
Dick Contino's Blues
American Tabloid
Ma part d'ombre
Crimes en série
American Death Trip
Moisson noire 2003
(anthologie sous la direction de James Ellroy)
Destination morgue
Revue POLAR spécial James Ellroy
Tijuana mon amour
Underworld USA
La Malédiction Hilliker

JAMES ELLROY

Extorsion

suivi des chapitres 4 et 8 de

Perfidia

Traduit de l'anglais (États-Unis)
par Jean-Paul Gratias

RIVAGES/THRILLER

Collection dirigée par François Guérif

RIVAGES

Retrouvez l'ensemble des parutions
des Éditions Payot & Rivages sur

payot-rivages.fr

Titre original : *Shakedown*

© 2012, James Ellroy
© 2014, Éditions Payot & Rivages
pour la traduction française
106, boulevard Saint-Germain – 75006 Paris

Extorsion

Les confessions de Freddy Otash

Prologue

Cellule 2607
Pénitencier du Repentir
Bloc des Prédateurs Acharnés
Purgatoire des Pervers
16/6/2012

Vingt ans que je croupis dans ce trou à rats. Aujourd'hui, on me dit que j'ai le droit de me remémorer mes mésaventures et que je gagnerai mon bon de sortie si j'en tire un récit.

Tout ce fatras religieux que je méprisais quand j'étais môme, c'est vrai. Il y a le paradis pour les braves gens, et l'enfer pour les méchamment malfaisants. Il y a le purgatoire pour les types comme moi – les salopards sournois qui ont saigné un système cynique et causé des catastrophes. Pendant deux décennies, je me suis interrogé sur mon inconduite. J'ai revécu mon passage sur la planète avec une pernicieuse précision. Mes subtils cerbères me font miroiter un marché : Raconte ton parcours pervers et tu iras peut-être au paradis en grande pompe. Mon petit gars, c'est le moment de *VIDER TON SAC*.

Le purgatoire, c'est la zone. On s'y retrouve coincé dans le corps qu'on avait sur terre quand on est mort. On n'avale rien d'autre que de la bouffe de lignes aériennes, classe loquedu. Il n'y a pas de picole, pas de liaisons lascives, pas de femmes. Mes victimes terrestres visitent ma cellule sans prévenir. Elles me remémorent mes méfaits et me transpercent le tafanard avec un tisonnier incandescent.

Des tapettes tombées du Ciel me tancent parce que je les ai caftées dans les années 50 quand on cassait du pédoque.

Merde – voilà Johnnie Ray, le zozoteur à la zaquette qui flotte. Les dents de sa fourche sont chauffées à blanc. Johnnie a connu un succès constant de 53 à 56. Son disque, *Cry*, s'est vendu à des méga-millions d'exemplaires. *Confidentiel* l'a cafté. L'article était intitulé : « PUGILAT DE PISSOTIÈRE :

JOHNNIE L'AGITÉ REND COUP POUR COUP ! » Johnnie a menacé le magazine de poursuites en justice. Je lui ai botté le cul pour l'en dissuader.

Putain, Johnnie – elle est incandescente, ta foutue fourche ! Combien de fois faudra-t-il que je te présente mes plus plates excuses ?

Écoutez-moi bien, simples mortels : Dans l'au-delà, on vous fait payer pour vos péchés. Je vous le dis tel quel.

J'ai le cul constamment en compote. Ava Gardner m'a taraudé le train la semaine passée. Ava était une nympho nuisible avec une fascination forcenée pour le bois d'ébène. Je l'ai branchée sur un bandeur de la brousse doté d'une bite en béton. Mes factotums ont enfoncé sa porte et pris des photos. *Confidentiel* eut la titraille traîtresse...

Avril 1954 – *Ava Gardner : La mignonne aime les moricauds !*

Je n'aurais pas dû. J'ai honte. Voilà vingt ans que je marine dans mes méchants ragots. Simples mortels, croyez-le bien : je regrette.

Mes cerbères m'ont fourni un stylo et du papier et la collection complète de *Confidentiel*. Ma mémoire fourmille de souvenirs malsains. Moi, sur terre, j'étais Fred Otash, 1922-1992 : flic véreux, détective privé, maître-chanteur. Mercenaire et démoniaque *deus ex machina*. Le monstre qui manipule et muselle Hollywood. L'homme qui détient tous les secrets salaces que vous brûlez tous de connaître, bande de mortels mortellement morbides !

Confidentiel présageait l'infantile Internet. Nos raclures de racontars à nous étaient d'un réalisme répugnant. Les blogueurs hâbleurs d'aujourd'hui et leurs révélations renversantes ? De foireux froussards, tous autant qu'ils sont. Nous, on salissait les studios de ciné et on flinguait les flibustiers de la politique pas propre. On a inoculé à l'Amérique le venin du voyeurisme et on l'a rendue accro à cette drogue diabolique. On a créé la culture des médias modernes, ceux qui racontent tout.

Ouais, je regrette. Ouais, je veux être libéré sur parole pour passer au nuage supérieur. Mais... plus urgent encore, je veux savourer encore une fois mon épopée échevelée.

Mes cerbères m'ont rendu mon corps terrestre millésimé 1950. C'est une manœuvre machiavélique pour me rafraîchir la mémoire. Ils veulent amorcer ma pompe à prose et modeler mon point de vue moral. Ils m'ont concocté une transmission télépathique avec un plumitif terrien nommé James Ellroy.

Ellroy est un casse-couilles. Je l'ai connu sur mon déclin, les derniers mois de ma vie. On m'a pourvu d'un pouvoir télépathique total. Je vais tout savoir de ce salopard.

Il m'a tout piqué pour camper un personnage de son roman surmédiatisé *L.A. Confidential*. Le bouquin et la superproduction qu'on en a tirée ne cassaient pas des briques. J'ai fait la connaissance d'Ellroy pendant l'été 92. Il voulait faire de l'histoire de ma vie une série à succès pour la télé. Il m'a allongé du blé pour voir le dossier que le FBI a constitué sur mon compte – mais j'ai rétropédalé avant qu'il puisse me le piquer. Je ne fais pas confiance à cet enfoiré. Mes cerbères préparent un appel télépathique Purgatoire-Los Angeles. Ce qui me fait le plus flipper ? Qu'Ellroy ait pu mettre la main sur mon journal secret. Croyez-moi, c'est de bon cœur que j'y détaille toutes mes turpitudes !

Je crains qu'Ellroy en soit encore à ressasser les révélations de Fred Otash à la télé.

Merde ! – Il faut que je monte à l'étage supérieur. Hier, Montgomery Clift m'a lardé à coups de trident. *Confidentiel* avait brocardé le lilliputien à l'eau de lavande en le surnommant « Princesse Petit Bout ». Juste après lui est arrivé JFK avec Jackie sur ses talons. Il a une dent contre moi depuis 1953. À l'époque, je fais circuler un enregistrement. On y entend Jack bourriner Ingrid Bergman. Frank Sinatra fait écouter la bande à Jackie – esclandre immédiat. Aaaargh ! Cette foutue fourche me fait souffrir mille morts, Frankie ! Tiens, la tortionnaire au tisonnier qui se pointe presto, c'est Marilyn Monroe ! Mon chou, c'est pourtant vrai que tu as sucé la moitié des pharmaciens de Beverly Hills pour payer ton Nembutal et ton Dilaudid ! Peut-être que je n'aurais pas dû cafter, mais le premier amendement m'en donnait le droit !

Mes synapses reçoivent des signaux – Ellroy le casse-couilles est dans ma tête. Signaux réciproques – maintenant je suis dans la sienne.

C'est mon histoire – pas celle d'Ellroy. Il n'est là que pour annuler mon nihilisme et perfectionner ma prose.

Il est temps d'entreprendre cette exploration hallucinogène et de rebrousser le chemin des souvenirs...

1

Au restau « Chez Nate & Al »
Beverly Hills
12/8/1992

– En 51, je travaillais aux Mœurs, au commissariat central. On reçoit un tuyau sur un bordel pour amateurs de négresses. Ça se passait dans un appart', à la Villa Elaine. J'y téléphone aussitôt.

Je suis dans mon box au restau. Mon public : quatre Juifs du showbiz dans un état pire que le mien. Déambulateurs, cannes et bonbonnes d'oxygène bloquent les accès à la cuisine. Freddy Otash le Frondeur fait sa conférence devant son auditoire.

C'est l'été 92. J'ai soixante-dix ans et je suis dans un sale état. Quotidiennement, depuis le jardin d'enfants, je m'envoie une bouteille de scotch et trois paquets de clopes. J'ai de l'emphysème et un palpitant piteux. Je compte sur ma classe intrinsèque pour accéder à quatre-vingts. Mais c'est pitoyablement peu probable, j'en suis pertinemment persuadé.

Sol Sidell susurre :
– Viens-en au fait, Freddy. Tu te rends à l'appartement, et puis après ?

Le dissolu Sol Sidell : porté depuis toujours sur la chair fraîche. Dans les années 60, il a produit plein de films remplis de petites poupées en tenue de plage. Je l'ai sorti du pétrin en 57. Il fumait de la marie-jeanne et il s'embourbait deux minettes mineures.

J'enchaîne :
– Bon, j'arrive à l'appart' en voiture. Je jette un regard par une fenêtre de la rue transversale. Merde ! Je vois Sam Spiegel, le type qui a produit plus tard *Lawrence d'Arabie* et *Le Pont de la rivière Kwaï*. Il broute une Black sur la moquette. En 51, c'était carabiné, comme chef d'inculpation. Je dis à la négresse qu'il est l'heure de passer à la caisse. Soit je l'embarque pour prostitution, soit elle verse une contribution mensuelle au fonds de pension Fred Otash.

Mes potes se poilent. J'avale une grosse bouchée de mon sandwich choucroute-corned-beef et je ressens un élancement dans la poitrine. Je fais passer un comprimé de digitaline avec une gorgée de café, et je regarde Jules Slotnick s'essouffler dans son masque à oxygène. Jules produisait des nanars pétris de conscience sociale sur les ouvriers mexicains immigrés clandestins et sur les basanés opprimés. C'étaient purement des actes d'expiation. Il se faisait sucer par toutes ses bonniches. Il les privait de leur carte verte pour les contraindre à la turlute quotidienne.

Sid Resnick me relance :

– Raconte-nous-en une autre, Freddy.

Sid le Soulman : à la fois féru de femmes fortes et niqueur de négresses. Se pâmait présentement pour une coquette Congolaise de 130 kilos.

Je sonde mes souvenirs à la recherche d'une histoire que mes copains n'ont pas encore entendue. Deux vieilles pédales qui passent devant mon box me regardent d'un sale œil. C'est ça qui me donne une idée.

Je les montre du doigt.

– En 56, on me rencarde sur une soirée pyjama cent pour cent masculine. Je paye des durs du LAPD cent dollars chacun pour entrer en force et j'apporte mon appareil photo. Nos lascars sont empilés en quintuplette avec Rock Hudson, Sal Mineo et un type couvert de pustules d'acné. *Confidentiel* cafte nos encaldossés. Universal me paye mille dollars pour que le nom du Rockster n'apparaisse pas dans l'article.

Le box tout entier se boyaute. Jules Slotnik s'en étrangle et doit s'oxygéner. Entre deux hoquets de rire, Al Braverman recrache un bout de bagel et demande :

– Redis-nous ta devise, Freddy. Bon sang, ce que c'est marrant !

Al l'alcoolo a défoncé un camion rempli d'immigrés mexicains et il en a laissé six sur le carreau. J'ai écrasé le coup pour en faire un délit de dixième ordre. Al a une dette envers moi.

Je liquide mon sandwich, puis je m'exécute. Voici donc le credo de Freddy O., déclamé sur le ton d'un discours de circonstance :

– Je suis prêt à travailler pour n'importe qui, à l'exception des communistes. Je suis prêt à faire tout ce qu'il faudra, sauf à commettre un meurtre.

Gros succès : mes vieux lascars applaudissent et s'esclaffent. Dans le box voisin, des têtes se tournent. Un vieux type me laisse entrevoir un insigne de flic du LAPD à la retraite. Je le reconnais : le lieutenant Mike Matthews, servile second de mon vieil ennemi – le directeur de la police William H. Parker, alias « Whiskey Bill ».

Il sort de son box. Il dit :

– Freddy a abattu de sang-froid un homme qui ne portait pas d'arme. Il vous l'a racontée, celle-là ?

Il m'a bien cassé ma baraque, ce salopard.

Il adresse un clin d'œil à mes copains et sort dans la rue.

Sol me supplie :

– Allez, Freddy !

Jules en rajoute :

– Accouche, morveux !

Sid insiste :

– Dis-nous tout, Freddy-la-légende-vivante. Fais pas ton aguicheuse.

Al me fait la morale :

– Tu nous as caché des choses, Freddy. Tu sais que ce n'est pas bien.

Mon cœur cogne encore une fois. Je trempe une poignée de frites dans la sauce et je m'en goinfre. J'avale un second comprimé et je fais les gros yeux à mes vieux copains. *Hoooou !* – ce regard noir de Fred Otash, c'est celui qui veut dire : Arrêtez de m'emmerder !

Ils tressaillent, ils tressautent, et ils baissent les yeux. J'attends un moment et les laisse mariner dans leur soumission. J'annonce :

– Dans une demi-heure, j'ai rendez-vous ici même avec un mec nommé James Ellroy. Il a pondu quelques romans merdiques et il veut adapter l'histoire de ma vie en série télé. S'il y a beaucoup de fric à la clé, je marche dans sa combine. Grâce à la loi sur le libre accès aux infos, j'ai demandé aux Fédés le dossier qu'ils ont sur moi. Il fourmille de détails croustillants qui vont faire fader ce fouille-merde.

Sol est le premier à relever les yeux.

– On est en 1992. Les années 50, ça sent le moisi.

Al me regarde à son tour.

– Les années 50, ça court tellement les rues que c'est invendable. On ne peut plus les fourguer à personne, sauf aux vieux Blancs coincés de l'Ohio.

Sid est le troisième à redresser la tête.

– Tes histoires, elles sont trop cradingues. On est entrés dans l'Ère du Verseau, mon pote. Les Mex clandestins qui font la plonge, ils sont syndiqués, maintenant, et les pédoques veulent faire respecter leurs droits. Je prédis qu'un jour on aura un Président nègre. Si Ellroy veut que son scénar tienne la route, il n'a qu'une solution : charger à mort ton personnage d'ordure finie.

Jules intervient :

– On s'en tape, de l'histoire de ta vie. Et si Ellroy racontait plutôt celle d'un producteur de ciné qui extorque des turlutes tous les jours ? Ça a de la gueule, et c'est lourd de sens sur le plan social. Tu appelles ça *La Tête couronnée* et tu le fais passer sur une de ces chaînes câblées qui programment des contenus licencieux.

Je m'esclaffe. Mon rire se transforme en hurlements et rugissements. Je sens que des morceaux de corned-beef et des bouchées de saucisse me remontent dans la gorge. Je me sens vaseux. Je recrache une croûte de pain dans mon assiette. Putain ! – Ça recommence.

Mon box bascule. Mes potes se vaporisent. Ma vision s'obscurcit. Des feuilles de calendrier défilent en arrière. Des décennies disparaissent et se perdent. Par pitié, arrêtez-vous quelque part – je ne sais plus si je suis mort ou si je rêve –

*
* *

Salle de garde, brigade de répression des vols LAPD, division des inspecteurs Hôtel de ville, 6ᵉ niveau 4/2/1949

Me voilà, en uniforme réglementaire, en train de me bichonner devant une glace, dans le couloir. Fred Otash à vingt-sept ans : baraqué, beau mec, et sauteur de sublimes salopes.

J'illustre à merveille l'archétype du métèque au physique avantageux. Je suis d'origine cent pour cent libanaise – le portrait craché d'un vrai chamelier. Pendant la guerre, je me retrouve sergent instructeur chez les Marines. J'entre au LAPD fin 45. Le goût de l'arnaque me vient très vite. Je constitue une équipe de casseurs avec des anciens matafs. Le circuit que je parcours pour ma ronde pédestre me fournit une idée des commerces à exploiter. Mes pirates pillent des échoppes de prêteurs sur gages qui refourguent des produits de contrebande, des pharmacies qui fournissent des stupéfiants, des bureaux de paris clandestins planqués derrière des façades d'églises. C'est moi qui leur indique les bons coups. Mes flibustiers raflent les biffetons et les fournitures. Ils jouent les furtifs à 2 heures du matin. Je sais à quelle heure les voitures de patrouille sont à l'autre bout de la ville et je leur passe le mot.

J'ai toujours été tenté par la corruption et les parts de butin. Je ne sais pas d'où ça vient. Je menais une vie calmos à Fouzy-Ladoze, Massachusetts. Mon père et ma mère m'adoraient. Personne ne m'a sodomisé quand j'étais encore au berceau. Dans mon cas, le rejeton s'est vite écarté du bon exemple donné par ses parents. Le code de bonne conduite, je n'en ai qu'un semblant très flou. Il y a des trucs que je suis prêt à faire, il y a des trucs que je refuse de faire. La frontière m'a paru moins nette en cette froide journée de 49.

Je me peigne et je rectifie mon nœud de cravate. La salle de garde bourdonne bruyamment autour de moi. Une fusillade vient de se produire au carrefour de la 9ᵉ Rue et de Figueroa. Un flic qui règle la circulation a échangé des coups de feu avec un braqueur. Le flic est salement touché, on pense qu'il ne survivra pas. Le braqueur n'a qu'une éraflure, il va s'en tirer. Les deux hommes sont à l'hôpital de Georgia Street en ce moment même.

La salle de garde bourdonne. Les téléphones sonnent sans cesse. Je pense aux cartes de visite que je trimballe sur moi et que je distribue aux femmes. Elles titillent la litote et distillent une classe sans pareille. Mon nom et mon numéro de téléphone sont imprimés en plein milieu. Juste au-dessous, on peut lire : « M. Vingt-trois Centimètres ».

J'entends résoner des pas pesants. Je suis asphyxié par une haleine chargée.

– Si t'as fini de t'admirer, j'ai quelque chose pour toi.

Je me retourne. C'est un flic de la brigade du nom de Harry Fremont. Harry a une réputation plutôt folklorique. On raconte qu'il aurait piétiné à mort deux pachucos pendant les émeutes zazous de 43. On raconte qu'il maquereaute des putes travesties depuis « Le Bar Bi ». Ce qui est moins une rumeur que la pure vérité, c'est qu'il est saoul comme une vache dès midi sonné.

– Ouais, Harry ?

– Rends-toi utile, petit. Il y a un tueur de flic dans Georgia Street. Le directeur général Horrall pense que tu devrais t'en occuper.

Je lui rétorque :

– M'occuper de quoi ? Le flic n'est pas mort.

Harry lâche un porte-clés au creux de ma paume.

– Un calibre 32. Sur l'emplacement réservé au lieutenant. Regarde sous le siège arrière.

Je retrouve mon équilibre en m'adossant au mur et je retourne façon Frankenstein à la salle de garde. Je descends au sous-sol d'une démarche de zombie. Je ne sens plus le béton sous mes pieds. Je jure que c'est la vérité.

Une voiture de flic est garée à l'emplacement indiqué. La clé est bien celle du contact. Je ne sens pas le volant sous mes doigts. Il fait noir dans le garage. Au plafond, il y a des fuites dans les canalisations. Les gouttes d'eau se transforment en lutins aux dents pointues.

Je me rappelle ma sortie du garage pour m'engager dans Spring Street. Je me souviens que je roulais lentement. Il se peut que j'aie prié pour qu'il n'y ait rien sous la banquette arrière.

Le braqueur est séquestré dans la cellule du service de soins aux détenus. Il faut qu'il soit transportable pour son transfert imminent à la prison centrale. La scène s'est passée il y a quarante-trois ans. Elle reste encore inscrite dans mes synapses comme une souillure, avec une précision qui ne pardonne pas. Je vois encore les visages des passants dans la rue.

Là – L'hôpital de Georgia Street.

Le service de soins aux détenus se trouve dans le bâtiment nord. Celui des malades et blessés ordinaires est dans le bâtiment sud.

Un passage étroit les sépare. C'est à ce moment que je comprends :

Ils savent que tu vas le faire. Ils estiment que tu es le genre de type à qui on peut confier ce boulot.

Je passe la main sous la banquette arrière. Bingo : les documents pour le transfert d'un certain Ralph Mitchell Horvath et un .32 à canon court.

Je glisse l'arme dans ma poche de devant et je rafle les documents. J'emprunte l'allée qui mène à l'entrée et je franchis la porte du service de soins aux détenus. Le sergent de service est un collègue du LAPD. Son regard me désigne un petit voyou menotté à une descente d'eaux usées. Le môme porte une veste en daim et un pantalon de toile fendu aux chevilles. L'un de ses bras est entouré d'un pansement. Ses lèvres sont couvertes de chancres. Il affiche un air insolent.

Discrètement, le sergent me fait un signe : il passe son pouce d'un côté à l'autre de sa gorge. Je lui tends les documents et je détache le môme pour lui passer aussitôt une autre paire de menottes. Le sergent dit :

– Bon voyage, mon chéri.

Je pousse le môme vers la sortie et je lui montre l'autre bout du passage, devant nous.

Il marche devant moi.

Je ne sens plus mes pieds.

Je ne sens plus mes jambes.

Mon cœur pompe mon sang en surrégime et je me demande pourquoi je ne sens plus mes propres membres.

Les bâtiments nord et sud n'ont pas de fenêtres. Il n'y a pas de piétons dans Georgia Street.

Pas de témoins.

Je sors le pistolet de ma poche et je tire au-dessus de ma propre tête. Le recul de l'arme me secoue le bras et y ramène un peu de vie. Le bruit de la détonation fait de nouveau circuler le sang dans mes jambes.

Le môme se retourne brusquement. Ses lèvres remuent. Un mot s'en échappe, qui ressemble à un glapissement. Je sors mon revolver de service et lui tire dans la bouche. Ses dents explosent quand il s'effondre. Je place entre les doigts de sa main droite l'arme qui servira à l'incriminer.

Ce qu'il a tenté de dire, c'est « Pitié ! » C'est ce détail qui me secoue chaque fois que je fais ce rêve.

*
* *

Le flic a survécu. La balle qu'il a reçue l'a traversé de part en part sans causer de dommages importants. Une semaine plus tard, il reprenait son service.

Monstrueuses représailles. Scandaleusement scélérates. Une crevasse dans la crypte de mon âme.

Harry Fremont fait passer le mot – le petit Otash n'a rien d'une tache. Le directeur général C. B. Horrall m'envoie une bouteille d'Old Crow. Le grand jury l'a viré quelques mois plus tard. Il était mouillé dans des histoires de proxénétisme et bien pire encore. On fait venir un directeur provisoire pour assurer l'intérim.

Il y a du remaniement dans l'air. Ça, je le sais. Ce que je ne sais pas, c'est que le futur directeur Bill Parker m'a déjà dans le collimateur.

Ralph Mitchell Horvath : 1918-1949.

Ralphie : voleur de voitures, braqueur, exhibo. Accro aux barbituriques et au moscatel. Il laisse une veuve. Je commence à lui envoyer un billet de cent dollars chaque mois, de façon anonyme.

Les pages du calendrier commencent à défiler. C'est à ce moment-là que mes rêves deviennent effrayants. Elles risquent de repartir en arrière et de dépasser ma date de naissance. Elles risquent d'aller trop loin vers l'avenir et d'annoncer ma mort. Dans les deux cas, je suis baisé. Je n'ai plus rien de commun avec Freddy-Otash-le-bon-vivant.

J'entends un bruit sourd qui m'est familier. On dirait des magazines qui tombent sur le trottoir. On est encore en 49. Ça ne peut pas être *Confidentiel* – ce torchon n'a débarqué dans les kiosques qu'en 53.

Tiens, je vois ce gamin. Je vois cette camionnette. C'est le vendeur de journaux. Il décharge les magazines.

Mes paupières s'ouvrent. Le temps se recalibre. Quarante-trois années partent en fumée. Les bruits sourds, ce sont les coups que donne sur la table un grand escogriffe. Il porte une chemise hawaïenne aux couleurs criardes et un jean beige. Mon impression : c'est un CASSE-COUILLES.

Il engloutit les vestiges de mon sandwich choucroute-corned-beef. Il m'annonce :

– Je m'appelle James Ellroy.

Ma première impression se confirme. Ajoutons « Opportuniste » sur la fiche de cet enfoiré.

Je lui dis de s'asseoir. Il s'exécute. Je regarde en direction de la rue. Mes potes sont en train de ramer avec leurs bonbonnes d'oxygène et leurs déambulateurs. Le spectacle me flanque la frousse. Machinalement, je m'envoie une digitaline et deux valium.

Ellroy vide d'un trait le café de Jules Slotnick.

– Ravi de vous rencontrer, monsieur.

Je lui demande :

– Expliquez-moi tout ça encore une fois depuis le début. Ne prenez pas l'air surpris quand j'aborderai les questions d'argent.

Ellroy dégaine son carnet de chèques et un stylo.

– Ma série télé s'appellera *Extorsion*. Elle racontera votre vie, votre époque et votre trajectoire morale. Vous vous êtes conduit comme un véritable salopard. Je veux faire le procès de vos méfaits sordides et les replacer dans le contexte plus général des journaux à scandales et de l'Amérique des années 50. De plus, l'acteur qui vous incarne jouera des scènes torrides avec les meilleures actrices de cette époque-ci.

Je tapote le chéquier.

– J'ai sauté Jackie Kennedy en 53. Elle était fiancée à Jack à ce moment-là. Elle m'a dit que j'étais mieux monté et que je faisais mieux l'amour que lui.

Ellroy dit :

– J'ai sauté Jackie Kennedy en 53. J'avais six ans. Elle m'a dit que j'étais mieux monté et que je faisais mieux l'amour que vous.

Je me marre, je hurle de rire. Ma tripaille tressaute et heurte la table. Ellroy remplit un chèque et le laisse tomber dans mon assiette. Dix mille dollars – *va-va-voom !*

Il me dit :

– Je veux voir le dossier que le FBI a constitué sur votre compte.

Je retiens mon souffle.

– Il est en route.

– Je veux voir les journaux intimes que vous tenez depuis la fin des années 40.

J'ai une bouffée de chaleur suivie d'un frisson glacé. Freddy Fréon, Freddy Frigo – défonce-toi pour paraître crédible.

– Ce n'est qu'un mythe à la noix, gamin. Je n'ai jamais été doué pour écrire quoi que ce soit.

Ellroy secoue la tête.

– Ça ne prend pas, chef. J'ai passé pas mal de temps avec Harry Fremont la dernière semaine avant sa mort. Il m'a dit que vous aviez descendu un voyou nommé Ralph Mitchell Horvath en 49, et que vous avez commencé à tenir un journal à ce moment-là. Il a précisé que vous le rédigiez sur du papier éclair, comme celui des bookmakers, au cas où vous auriez besoin de le brûler d'urgence.

Je palpite et me paralyse. La vieillesse sape vos talents de menteur.

– Comme je viens de le dire, gamin, ces journaux intimes n'existent pas.

Ellroy caresse son carnet de chèques.

– Je n'insisterai pas pour le moment. Et je mettrai la main à la poche si jamais vous changez d'avis.

Le valium fait son effet – je commence à me sentir relax-Max.

– Je veux qu'une précision soit portée sur mon contrat.

– Je vous écoute.

– Je veux un super mâle pour m'incarner. Pensez à un croisement entre Clark Gable et John Holmes.

Ellroy se gondole. On se serre la main. J'empoche le chèque et j'adresse un signe à Abe Rosen derrière son comptoir.

C'est notre arrangement habituel. Contre un bakchich de vingt dollars, il met en scène à mon intention de faux appels de grands manitous.

Abe actionne l'interphone.

– Monsieur Otash ! Pour vous ! Le président Bush au bout du fil !

*
* *

Le Chemin des Souvenirs. Pour les vieux, c'est la seule destination.

Le chèque d'Ellroy est honoré. Je reste cloîtré dans mon appart' jusqu'au lendemain de la fête du Travail. Mes journaux intimes sont protégés dans des caissons ignifugés. Ils sont truffés de photos pornos des plus piquantes. Ellroy est retourné dans le Connecticut. On se téléphone presque chaque soir. Je feuillette mes portfolios et je lui distille des secrets salaces sur mes aimées, mes délurées et mes regrettées.

Les vieilles photos me remuent les méninges. Me voici avec Frank, Dino et Sammy. J'ai brisé les reins à pas mal de gens pour leur rendre service. Pourquoi me donnent-ils l'impression de prendre leurs distances dès que je les touche ? Il y a des photos de mon ancien appartement sur le Sunset Strip. Je l'appelais « Le terrain d'atterrissage ». Le nom m'était venu à cause de mes partouzes à trois avec des hôtesses, des starlettes et des stars. Liz Taylor et moi, on s'y est souvent agrippé l'entre-jambes en compagnie d'une hôtesse prénommée « Barb ». Il y a des photos de mon grand amour, Joi Lansing. On a vécu ensemble des années fabuleuses. Avec moi, elle était adorable. J'ai été adorable avec elle jusqu'au moment où j'ai commencé à la traiter comme une chienne. Je ne connais pas le pourquoi de ce revirement. Mon journal se contente de décrire cette métaphysique maboule.

Voilà mon lexique et mon dico analogique. C'étaient des instruments instructifs pour les pisse-copie de *Confidentiel*. La consigne : Utilisez l'allitération et les insultes inventives.

Les homos sont des « zézayeurs zobscènes » ; les lesbiennes, des « brouteuses baraquées » ; les alcooliques, des « dipsomanes dyspepsiques ». Vulgarisez, vitalisez, et fabriquez furieusement un parler populaire. Faites-le claironner coupablement.

Les romans répugnants d'Ellroy – c'est de *mon* style qu'ils portent l'estampille. Son personnage de demeuré dévot – c'est à *mes* yeux qu'il est détestable.

Le jour de la fête du Travail, mes potes viennent me voir. On se grille des burgers et des hot-dogs et on se descend trois bouteilles de Jim Beam. Ils repartent à 2 heures du matin. Un détachement d'infirmiers les transporte jusqu'à leurs limousines. L'opération prend une demi-heure. Ce n'est pas sans ressembler au pont aérien de Berlin en 48-49. Les déambulateurs s'écroulent, les bonbonnes d'oxygène se renversent et roulent sur le sol. C'est sacrément pénible à supporter.

Je m'installe pour regarder une rediffusion de la série *Dragnet*, créée par Jack Webb. À quatre reprises, j'ai graissé le juge alors que Jack passait au tribunal pour conduite en état d'ivresse. J'ai sauté l'ex-femme de Jack, la chanteuse enchanteresse Julie London.

Quelques biscuits secs constituent ma collation tardive. Cet épisode-là, je l'ai déjà vu. Le sergent Joe Friday coince un jeune hippie pour une pincée de LSD. Jack me manque. On s'est bien marrés ensemble, tous les deux. Il a lâché la rampe il y a maintenant...

Un coup de masse me percute le cœur. Puis un maillet de croquet à tête d'acier double la mise. Un monstre surgit devant moi. Ce monstre, c'est Johnnie Ray, c'est Montgomery Clift, c'est les politiciens sur lesquels j'ai tapé et les vedettes du ciné que j'ai vilipendées – un kaléidoscope de condamnations.

Ils m'injurient, ils m'invectivent. *J'accuse, j'accuse, j'accuse !* Ils me bombardent la poitrine de lingots de plomb. Je suffoque. Mon bras gauche explose. J'enfonce le bouton « Urgence médicale » de mon téléphone.

Et un minuscule point lumineux s'assombrit et devient tout noir. Puis mon appart' fait un looping. Un vacarme monstrueux retentit et ma porte explose comme mon bras gauche. Et puis je sens un masque sur mon visage et je retrouve une fraction de ma vue. Puis arrivent le chariot-brancard, les hommes en blouse blanche et je sens qu'on me soulève.

L'un des types en blouse blanche ressemble à James Ellroy – mais je sais que ce n'est pas possible. Une image s'impose à moi. Nette, aux couleurs vives, une image *ancienne*. Je vois un petit chariot rouge. Je vois des mots tracés sur une bande de peinture rouge. Et puis tout commence à s'effacer. L'homme en blouse blanche se métamorphose en James Ellroy. J'ai toujours la certitude que ce n'est pas possible.

Ellroy me dit :

– Hé, Freddy. Qu'est-ce qui se passe ?

Mon souffle s'épuise. Je sais qu'il me reste de quoi prononcer deux mots.

Je dis : « Red Ryder. »

2

Journal de James Ellroy
7/12/1992

Freddy, c'est à peine si je t'ai connu[1].
Je *t'aimais bien* – mais je ne te respectais pas. Ça fait une différence. Tu t'y plais, dans l'au-delà, connard ? Repens-toi, reptile ! Ouais, je t'ai barboté ton style à l'esbroufe. Mais je ne suis pas *toi*, Freddy, vil dénigreur de pédoques, détracteur de tribades, narrateur raciste.

Les nécros se classent en trois catégories. La première se contente de l'essentiel :

---

1. *Freddy, I hardly knew ye* : allusion à la chanson pacifiste de 1867 *Johnny, I hardly knew ye*. (Toutes les notes sont du traducteur.)

l'ex-flic Fred Otash est engagé par le magazine *Confidentiel*. Otash dirige un réseau d'informateurs qui lui fournit du croustillant sur les frasques des célébrités. La seconde est plus piquante : Freddy pratiquait le chantage depuis longtemps. Son réseau d'informateurs découvrait les turpitudes grâce auxquelles il extorquait de l'argent à ses victimes. Mais ce qui m'excite, c'est la troisième catégorie. Le succès des feuilles à scandales a périclité en 59. *Confidentiel* : kaput ! Prêt à tout, Freddy tente une arnaque sur un champ de courses. Il dope un canasson baptisé « Wonder Boy » et perd sa licence de détective privé. Il devient le caniche de la mafia. Jimmy Hoffa l'engage pour lui fournir la preuve que JFK saute Marilyn Monroe. Les anciens matafs vieillissants qui lui servent d'hommes de main déballent tout aux journalistes. Freddy a planqué des micros dans le baisodrome du bord de mer de Peter Lawford, le beau-frère de Kennedy, et il a enregistré Jack au paddock. Oh, oh ! Ma série télé de plus en plus probable pourrait durer indéfiniment !

J'apprends la mort de Freddy Otash et je prends le premier avion pour L.A. Les journaux ne parlent que des faits et gestes de Freddy. Du réchauffé : sa relation conflictuelle avec le directeur de la police William H. Parker ; son interview de 57 avec Mike Wallace, le cabotin de la télé ; sa relation avec le pervers qui publiait *Confidentiel*, Bondage Bob Harrison. Du banalissime : « Fred Otash est le père fondateur de la télé poubelle. » Du soporifique : « Otash a défini les horreurs paranoïaques de la décennie marquée par la peur des Rouges. » Mais c'est à un ancien mignon de Liberace que l'on doit cette perle que je découvre au milieu des détritus : « Je sais que Freddy a sorti Lee d'un sacré pétrin au début des années 50, mais il a été grassement payé en retour.

Freddy possédait un appartement pas loin du Sunset Strip. Mon premier objectif : intercepter le dossier établi sur lui par le FBI, et qu'il a demandé au nom de la loi sur l'accès à l'information. J'ai parlé à Freddy le jour de sa mort. Le dossier n'était pas encore arrivé. Depuis, j'ai appelé tous les jours le gérant de l'immeuble. Me faisant passer pour l'avocat de Freddy, je l'ai informé que j'attendais des documents promis par les agents fédéraux. Il me téléphone juste au moment où j'allais partir à l'aéroport. Monsieur, le colis vient d'arriver.

Je loue une voiture dès que je descends de l'avion. Je me rends chez Otash et je rafle le dossier à toute vitesse. Il tient dans un carton estampillé UPS. J'emporte le carton dans ma voiture et je m'y plonge.

Chaque page est copieusement caviardée à l'encre indélébile. Par-ci par-là, quelques lignes sont intactes. Après seize pages passées à l'encre noire, je tombe sur ça :

« Accusé d'extorsion » ; « accusé de corruption » ; « accusé de harcèlement » ; « accusé de subornation de témoin » ; « accusé d'avoir soudoyé un jury ».

Par pitié, donnez-moi des infos que je ne connais pas déjà.

Une planche de photos d'identité figure au dossier. J'y reconnais celles du grand amour de Freddy, Joi Lansing, et celles de son grand compère en caftage, l'incarnation du type cool des années 50, James Dean. Il y a aussi Bob Harrison – une chiée de clichés. Liberace – évidemment. Liz Taylor – bien sûr. L'ex-mari de celle-ci, Michael Wilding ?

Ouais, ça se tient. Ward Wardell, Race Rockwell, Don Eversall dit « Le Bourricot » ? Freddy m'a cité leurs noms. Dans son écurie, c'étaient eux, les pourvoyeurs de tarlouzes.

Ce dossier, c'est une foirade totale.

Ce qui ne me laisse que les journaux intimes et secrets de Freddy O.

Freddy prétend qu'ils n'existent pas.

Ils pourraient se trouver dans la salle des coffres d'une banque, ce qui les rendrait inaccessibles. Ils pourraient être rangés dans un carton, dans cet appartement de l'autre côté de la rue.

Passe à l'action, crétin. La vie elle-même est une Grande Arnaque, et celle-ci, tu ne peux pas la laisser passer.

*
* *

Cette nuit-là, je m'introduis par effraction.

Ce n'est pas difficile. Je me propulse de tout mon poids contre l'endroit de la porte qui n'est pas jointif avec l'encadrement. Elle cède sans souci. Je sors ma lampe torche et je fouille les lieux dans le noir.

Je retourne les placards. Je scrute les étagères. Je déplace dix mille survêtements. Les albums de Freddy sont sans intérêt. Sa Rolex en or est une contrefaçon. Je trouve un Luger nazi dans le tiroir à chaussettes. Je trouve une pile de cassettes pornos sous l'évier. Je touche le gros lot en fouillant un placard du couloir.

Des photos : protégées sous plastique et conservées avec amour.

Marlon Brando avec une bite dans la bouche.

Lena Horne broutant Lady Bird Johnson.

Et –

Un carton rempli de papier éclair comme en utilisent les bookmakers.

Je parcours quelques pages en diagonale. Freddy écrivait de façon lisible, en capitales. Il encadrait ses anecdotes d'un motif semblable à celui d'une page de calendrier. C'était comme un éclair blafard dans une bouteille. Comme une version infernale du Saint-Graal, comme les manuscrits de la mer Morte de la main du Malin.

Ma série télé tout entière et un recueil de nouvelles associées me viennent rapidement à l'esprit.

Une photo tombe du carton. Merde… Rintintin qui baise Katharine Hepburn.

Je prends le carton et je glisse la photo dans ma poche. Ma femme Helen est une grande fan de Katharine Hepburn.

3

*Centre-ville de L.A.
4/10/1952*

Les pages de calendrier défilent. Les feuilles se flétrissent et s'envolent. Je me rappelle cet été torride et ces orages d'automne. J'assure la garde de jour au central. J'ai démantelé mon équipe de casseurs. Deux de mes hommes étaient devenus accros à l'héroïne. Éperdument prêts à tout, ils avaient tendance à cafter facilement. J'ai gaspillé tout mon fric au jeu. Je vis avec mon misérable salaire de flic et mon cafard chronique. William H. Parker est devenu directeur de la police en 1950. Il a institué des réformes rigoristes et truffé les effectifs d'une myriade de mouchards chargés de repérer les corrompus et les contaminés. Je me déplace au volant d'une bamboulette décapotable Moricaudillac. Je l'ai gagnée aux cartes à Nègreville. On y voit une « dépense suspecte ». Les sous-fifres de Parker me dénoncent au diabolique directeur. On me convoque et on me cuisine crûment. Parker me conseille de ne pas me comporter en bolchevique et il me prévient :

– Je vous ai à l'œil, et plutôt deux fois qu'une, puisque je porte des lunettes.

La pluie est un déluge démesuré. Des vents violents me cravachent pendant ma ronde. Je m'arrête à une borne d'urgence et j'appelle le poste de police. Le planton me dit de foncer jusqu'au 668 South Olive Street. On y tourne un épisode de *Racket Squad* dans le hall de l'immeuble. Ils ont besoin d'un costaud pour repousser les amateurs d'autographes.

Je m'y rends illico. Je chope un vent arrière qui me propulse et je slalome sur une bonne partie du parcours. Il s'agit d'une unité de soins médicaux flanquée d'une pharmacie et d'un hall adjacent. Aussitôt sur le tournage, je repère une bisbille biscornue. Des lumières, des caméras, des perches de prises de son – et de l'action.

Un gus aux oreilles en feuilles de chou asticote une beauté blonde. Il porte un pantalon en coutil serré aux chevilles et une chouette veste. Quant à la fille, elle est sublime des pieds à la tête.

Les acteurs et les machinos reluquent la scène. Feuilles-de-chou agrippe la blonde par le bras et la malmène. Ça me secoue le système et les cordes sensibles. Je m'approche de lui par derrière. Il voit mon ombre et virevolte. Je lui brise le nez du plat de la main. Je lui balance une gauche à la gorge. Mon genou lui broie les génitoires avant qu'il s'affale.

La blonde en reste bouche bée. Je soulève ma casquette pour la saluer.

Feuilles-de-chou protège son tarin tuméfié et appelle sa môman en pleurnichant. Les acteurs et les machinos applaudissent.

La blonde me dit :

– C'est mon ex-mari. Il me doit trois mois de pension alimentaire.

Je file au pékin un coup de pompe dans la tempe et je lui pique son portefeuille. Il se plaint de plus belle. Admiratifs, les acteurs et les machinos sifflent en connaisseurs.

Le portefeuille pèse son poids. Je palpe la cache aux biffetons et je découvre des grosses coupures à profusion. Je les tends à la blonde. Elle les remise dans son sac et laisse tomber un billet d'un dollar sur son ex-mari. Elle commente :

– En souvenir du bon vieux temps. Au plumard, il se défendait bien.

Je me marre. Je plonge la main dans ma poche et je lui tends une de mes cartes. Celles qui titillent la litote et distillent une classe sans pareille : mon nom, mon numéro de téléphone, et « M. Vingt-trois Centimètres ».

Au fond de son sac à main ma carte rejoint sa liasse de talbins. Un type lance :

– C'est à toi, Joi ! Scène 16-B.

Elle me fait un clin d'œil et s'éloigne de moi. Je menotte Feuilles-de-chou derrière son dos et j'appelle le poste depuis le téléphone à pièces. Zarbiwood : ils filment la scène en laissant l'ex sur le plancher groggy et menotté.

Je sors fumer une cigarette. Une voiture de police arrive et embarque l'ex à l'hôpital de Georgia Street. Je repense à Ralph Mitchell Horvath. Un môme m'apporte une tasse de café et me rend ma carte de visite. Au verso, elle à inscrit : Joi Lansing. 99-64-96. « Chez Googie », ce soir à 18 h 30.

*
* *

J'ai une tanière au-dessus du Strip. Elle est décorée à l'aide de drapeaux japonais et de Luger abrités par des présentoirs vitrés. Je n'ai jamais quitté le continent américain. J'ai passé toute la guerre à Parris Island, en Caroline du Nord. J'ai installé un périscope sur mon balcon. Je m'en sers pour espionner mes voisines.

J'ai toujours été un voyeur.

J'ai toujours observé les gens.

J'ai toujours voulu découvrir leurs petits secrets.

Ma chambre comporte un cagibi qui me sert de penderie. Le pécule accumulé grâce aux cambriolages, je l'ai claqué en costumes Sy Devore. Le tiroir de ma commode est rempli de lingerie en dentelle. Mes merveilleuses amoureuses m'ont laissé de somptueux souvenirs.

J'ai un dossier sur Ralph Mitchell Horvath. Je l'ai constitué en pompant des infos dans les postes de police et les pénitenciers de l'État tout entier. Je connais tous les secrets de feu Ralphie.

Il a sauté une chochotte mexicaine en maison de redressement. Il a fait deux mômes semi-débiles à sa femme. Il la mettait au tapin pour rembourser ses dettes de poker. Il se procurait des barbituriques chez un pharmacien chinetoque. Tout ça me permet de mettre une certaine distance entre moi et Ralphie. Plus on en sait au sujet des gens, moins ils ont de prise sur vous. J'applique ce principe païen depuis toujours.

Je me sape comme un prince pour Joi Lansing. Je mets mes mocassins en croco et je glisse mon flingue dans un étui d'aisselle. Une giclée d'eau de toilette – et une balade de deux minutes pour me rendre au rencard.

« Chez Googie », c'est un bar situé à l'angle de Sunset et de Crescent Heights. La déco futuriste me hérisse le poil. Éclairage fluo, chrome et sièges en skaï. La cantine à la mode où accourent les bouffons du showbiz à l'avenir compromis.

J'entre dans l'établissement et je regarde Joi passer d'une table à l'autre. Elle porte une robe trop moulante et une étole en vison d'où pend encore l'étiquette d'un prêteur sur gages. Tout le monde parle d'une projection privée à Glendale. L'une des habituées de Chez Googie a tourné une scène d'amour avec Bob Mitchum. Bob-le-Bandit n'arrêtait pas de lui fourrer sa langue dans la bouche. Ils ont partagé un joint derrière le studio de la RKO. Elle l'a sucé dans la limousine de Howard Hughes.

Un brouhaha bouleverse le bar – je sais que je pue le FLIC à plein nez. Je me case dans un box et je déboutonne ma veste. Une fiotte me frôle et reluque mon flingue. Elle rejoint un aréopage de poulettes deux boxes plus loin. On y répand de nouveaux racontars : le barman du Cockpit Lounge vend des esclaves aux enchères – des garçons uniquement. Adlai Stevenson, séduit, s'est laissé embringuer. Les poulettes pouffent – ha, ha, ha !

Joi prend place. Je pointe du doigt l'étiquette du prêteur. Elle l'arrache et la laisse tomber dans le cendrier.

Je lui dis :

– Merci pour l'invitation.

Joi me réplique :

— Merci de m'avoir vengée. Ce type m'a fracturé le poignet gauche le jour de la Saint-Patrick, en 49.

— Vous êtes trop jeune pour avoir un ex-mari.

— Ouais, et je suis séparée du deuxième. J'irais bien à Reno pour obtenir un divorce express, mais ça risque de ne pas marcher. On s'est mariés à Tijuana, alors les formalités poseraient sans doute des problèmes.

— Je peux faire quelque chose pour vous ?

— Ma foi, vous êtes dans la police.

J'allume une cigarette et je lui tends le paquet. Joi fait non de la tête.

— Il est en liberté conditionnelle, et il fume de l'herbe. Vous pourriez appeler les Stups.

Je secoue la tête.

— Donnez-moi son adresse. Je trouverai une solution.

— Il doit venir ici même à 21 h 30. Il vit au YMCA depuis que je l'ai viré, et c'est le commis de cuisine qui prend ses appels. Comme il travaille dans le cinéma – il est machiniste, mais pas syndiqué –, je lui ai laissé un message bidon après vous avoir rencontré. Vous êtes producteur à la Fox et vous avez un boulot à lui proposer. Vous avez rendez-vous avec lui sur le parking.

Elle me fait rire.

– Vous avez simplement escompté que je ferais ça pour vous ?

Joi rit.

– Allons, Freddy. Après votre petit numéro de tout à l'heure et votre carte de « M. Vingt-trois Centimètres » ? Qu'est-ce que vous ne feriez pas pour du fric ou une nuit d'amour ?

Un serveur mexicain passe près de nous. Je lui agrippe un passant de ceinture et le stoppe net. Quand il voit mon flingue, il est saisi de soubresauts d'immigré irrégulier. Je fourre un billet de vingt dollars dans sa poche de chemise.

– Va à la cuisine et rapporte-moi un sac d'herbe. Si tu te fais attendre, tu seras dans le train de nuit pour Culiacan.

Pancho me fait une courbette et détale. Joi rit et me tape une cigarette. Je lance en l'air un rond de fumée. Le sien monte encore plus haut, touche le plafond et se transforme en champignon.

Le Mex rapplique avec la marchandise. Je lui dis de disparaître. L'aréopage de poulettes nous pond une nouvelle pépite : Ava Gardner a largué Sinatra pour un bronzé qui bande bien.

Je demande :

– C'est quoi, votre vrai nom ?

Joi me répond :

– Joyce Wasmansdoff.

– Donnez-moi des détails.

– Je viens de Salt Lake City. J'ai vingt-quatre ans. J'ai fréquenté l'école de la MGM et ça ne m'a menée nulle part.

– Mais maintenant, vous êtes sur la bonne voie ?

Joi écrase sa cigarette.

– J'ai fait six films où je ne n'apparais pas au générique, et quatre où j'y figure. Et puis trois qui vont sortir : *Racket Squad*, *Gangbusters*, et une comédie avec Jane Russell.

– Donnez-moi du croustillant sur Jane Russell.

– Qu'est-ce qu'on pourrait en dire ? C'est une sainte-nitouche qui est mariée à ce sportif professionnel de l'équipe des Rams.

Mon estomac gronde. Je grignote un gressin et je scrute la salle de bar. Faciles à repérer : ces deux types coiffés en brosse, près du comptoir de la vente à emporter – des sbires de Parker. Harry Fremont me les a signalés le mois dernier. Ce sont des pisse-froid de puritains et de petits saints qui ne pensent qu'à poisser les policiers pourris.

Joi me prévient :

— Il faut avoir les moyens pour profiter de ma compagnie.

Je souris et re-scrute le bar. Une crapule que j'ai coincée pour escroquerie me reconnaît et décampe illico. Joi m'annonce :

— Il est 21 h 30. Repérez un petit bonhomme avec une coiffure à la Johnnie Cash.

Je contourne l'établissement pour me rendre au parking. Johnnie se prélasse contre une Mercury 51. Je m'approche de lui. Il repère mon étui d'aisselle et lâche *Oh, merde !* Il porte un pantalon de toile de couleur claire. Un flot d'urine en inonde les revers. Je choisis la diplomatie.

— Ne contestez pas le divorce. Je me charge de négocier vos versements de pension alimentaire. Envoyez-moi votre chèque directement. Je prélèverai mon pourcentage et j'apporterai le reste à Miss Lansing.

Johnnie lève les mains — Me frappe pas, mon frère ! En un seul geste je sors mon sac d'herbe et j'attrape sa main gauche. J'appuie fort pour être sûr d'avoir l'empreinte de ses cinq doigts.

Une pluie fine commence à tomber. Je tends le bras pour montrer la rue. Le deuxième ex-mari de Joi Lansing part en courant.

– Hollywood pourrait utiliser un type comme vous.

Je me retourne.

– Vous voulez dire que je pourrais utiliser Hollywood.

Joi me donne un long baiser.

Tout a commencé aussi simplement que ça.

4

Une semaine plus tard, je braque le bouclard d'un bookmaker.

Un masque d'Hitler dissimule mon identité. J'entre avec un sac à provisions vide et je ressors avec quatre mille dollars. Je flambe la moitié du butin pour les besoins de Joi et je finance mon affaire avec le reliquat. Un pharmacien de Beverly Hills me fournit un paravent pour placer mes produits prohibés. Harry Fremont me vend huit flingues dépourvus de pedigree. Joi me fait connaître un avorteur discret. Je lui verse une prime d'engagement et je lui promets de lui envoyer de gentilles-jeunes-filles-dans-une-situation-délicate. Des armes, de la came et un médecin marron. Ma maîtresse me plonge dans la culture de la corruption.

Joi a débarqué à Hollywood en 1942. Elle avait quatorze ans. Elle s'est inscrite à la MGM et a fait la connaissance de tout le monde. Elle était à la fois tout à fait quelconque et dotée d'un carnet d'adresses diablement abondant. Elle savait tout. C'était un annuaire ambulant. Elle connaissait des barmans, des bordeliers et des boniches, des pornographes, des proxénètes et des pouffes, des directeurs de casting, des dealers de dope et des don juan sans états d'âme. Elle connaissait une profusion de pétasses dans le pétrin. Elle savait que cette capitale de la corruption avait besoin d'un seul et unique Monsieur-réponse-à-tout. Tel était mon rôle.

Joi inonde Zarbiwood de mes prospectus. Des masses de magouilleurs médisants se laissent séduire par mes promesses : Nous sommes acheteurs de potins potentiellement profitables.

Je travaille pour le LAPD. En dehors de mes heures de service, j'assure un job de complément comme chef de la sécurité au supermarché Hollywood Ranch Market. C'est un lieu proverbialement pernicieux qui reste ouvert toute la nuit. J'arrête des auteurs de vols à l'étalage et d'émission de chèques sans provision. Comme je ne vis pas au-dessus de mes moyens, je ne donne jamais aux sbires de Parker la corde pour me pendre. J'emmène Joi chez Ciro et au Mocambo. Je repère des flics des renseignements qui scrutent la salle. Je les questionne comme collègue, et je leur glisse que je me paye mes soirées grandioses grâce à mes gains au champ de courses.

Je vends des flingues, je vends des drogues, et moyennant finances je facilite des avortements. Je fourgue par correspondance un film cochon intitulé *La Ménagerie de Mae West*. Vivre en concubinage, c'est *verboten* pour les hommes du LAPD. Je vais retrouver Joi dans l'appart' de sa mère à Redondo Beach. Elle m'informe que la rumeur se répand et s'amplifie : Fred Otash, c'est le type qu'il faut aller voir.

On n'arrête pas de me confier des missions. Je pilonne un pervers qui a sorti sa saucisse devant la femme de John Wayne. Wayne me donne cinq cents dollars et me file des tuyaux sur les Rouges de Hollywood. Dean Martin fait appel à moi. *C'est ça, l'amore*, comme il le chante si bien : il a mis en cloque sa femme de ménage mexicaine qui va bientôt pondre des triplés. Je soudoie un gradé de la police des frontières qui renvoie au Mexique Elisa l'éplorée. Dino me donne deux mille dollars et me rapporte des ragots sur une stupéfiante série de starlettes. Elles accourent deux par deux pour rebondir sur mon matelas et me ravitaillent en secrets salaces contre une rétribution régulière. Vous voulez des billets de cent et des parties de jambes en l'air ? Appelez « M. Vingt-trois Centimètres ».

J'arrange un avortement pour Lana Turner. Elle a couché avec un saxophoniste, le nommé Art Pepper, dans un moment d'abandon qui devait beaucoup au be-bop. Pepper le pusillanime voulait qu'elle garde le gamin et la menaçait de révéler l'affaire. J'ai planqué deux joints dans l'étui de son sax alto, et ça lui a valu six mois au vert, dans une prison aux allures d'exploitation agricole.

Joi connaissait une clique pleine de classe de bourgeoises fortunées et néanmoins femmes au foyer. Elles se sentaient désespérément délaissées, emmurées dans leur ennui. Elles rêvaient de coïts clandestins. Joi voyait là une source de revenus.

La maîtresse de Franchot Tone le cocufie avec un crépu. On se croirait dans *Ramar de la Jungle*. Je me branche sur le bronzé et je le poisse dans un salon de coiffure de Saulson où on peut se faire décrêper les cheveux. Je lui botte le cul jusqu'à Biloxi.

Ce Fred Otash – *y'a pas bon !*

Joi m'annonce que Liberace a une mission à me proposer. On est au plumard chez sa mère quand elle m'annonce ça. Ses yeux pétillent et me titillent d'une façon toute nouvelle pour moi. Son doigt brandi dessine des dollars dans le vide.

Cette visite-là, je la revois en Vistavision et en Pédalo-Scope. Il y a des pages de calendrier et des partitions musicales. Un piano susurre une sonate et martèle une marche turque.

*
* *

La niche chic et chochotte de Liberace
Coldwater Canyon
29/4/1953

Un factotum efféminé me fait entrer. Le jardin, grand comme un stade, est habilement aménagé en décor tropical. Des flamants flânent. Des toucans font du boucan et bouffent des bestioles. Un sentier serpente entre de formidables frondaisons et d'exubérantes efflorescences. Tout est vert, mauve et rose.

On accède à une clairière. Elle est pavée de pierres ornées de motifs qui représentent des clefs musicales. La piscine a la forme d'un piano. Liberace est étendu sur un transat. Un léopard qui porte un collier doublé vison somnole à ses pieds.

Le factotum s'efface. J'approche un transat de celui de mon hôte. Le léopard gigote et gronde en me montrant les dents. Je lui gratte le cou. Il se rendort.

Liberace dit :

– Vous n'avez peur de rien. Vous êtes le genre d'homme qu'il me faut.

– Je suis là pour vous aider, monsieur. Joi m'informe qu'un individu vous fait des misères.

Le factotum rapplique avec des rafraîchissements. Deux verres à cocktail émettent une mousse d'un rose atomique. Le gus nous sert et se trisse. L'émulsion a un goût de chewing-gum survitaminé.

Liberace me lance :

– Cul sec !

Une plaisanterie de pédéraste – Ah, ah, ah !

– C'est un môme qui veut vous faire cracher au bassinet, c'est ça ? Si vous refusez de lui donner de l'argent, il vous dénoncera à la « ligue catholique pour la défense des bonnes mœurs », c'est bien ça ? Tous ces Ritals de la mafia qui vous engagent à Las Vegas vous claqueront la porte au nez. Votre émission de télé sera supprimée si la rumeur se répand que vous êtes de la jaquette.

Liberace soupire.

– Votre franc-parler est inimitable, et ce que vous dites est tellement, tellement vrai. Ce garçon fait la plonge chez Perino. Où avais-je donc la tête ?

J'avale une gorgée de ma boisson.

– Il a des photos ?

– Bien sûr, chère âme. Il m'a attiré dans un motel aux murs munis de judas.

Près de la piscine, un haut-parleur se fait entendre. Judy Garland se met à brailler : « *Un jour il va venir, l'homme que j'aime.* » Le léopard se réveille et se lèche les balloches. Liberace lui parle en bêtifiant.

– Cinq mille dollars, monsieur. Je vous

rapporte les photos et les négatifs, ainsi que ma garantie que cela ne se reproduira pas.

Liberace fait la moue. Sa poitrine se soulève. Sa toge perd des paillettes, qui scintillent dans la lumière. Le léopard s'approche de la piscine et présente son postérieur au-dessus du bassin. Il se soulage copieusement les intestins.

Le factotum accourt armé d'une épuisette. Liberace glisse la main sous son transat et sort un album de photos.

– J'ai un faible pour les anciens détenus, je le confesse à regret. J'ai ici des portraits anthropométriques de ce jeune homme et de quelques autres de mes conquêtes du genre grosse brute. C'est mon nouveau passe-temps. Quand je ne me produis pas devant mes fans en délire ou que je ne travaille pas Chopin, je colle des photos.

Je m'empare de l'album et je le feuillette. C'est une putain de pinacothèque de pineurs sachant piner. Je compte vingt-six cow-boys du calbute, avec chacun une ardoise autour du cou : nom, date, numéros des articles du code pénal correspondant aux charges retenues contre eux. Une répugnante parade de mâles malfaisants. Motifs des arrestations :

manquement aux obligations de la libération conditionnelle, et faits de prostitution à foison. Liberace tapote le portrait d'un certain Sanchez Manolo. Ce type est un Philippin à face d'œuf.

— Il m'a brisé le cœur pendant que sa gouine de frangine prenait des photos. Ne vous gênez pas pour employer la manière forte.

Je hoche la tête et je tourne la page suivante. Trois beaux mecs à l'air morne sourient sinistrement. Ward Wardell, Race Rockwell, Don Eversall dit « Le Bourricot ». Tous arrêtés pour possession de documents à caractère pornographique.

Je désigne la triplette de portraits.

— Des acteurs de films pornographiques, n'est-ce pas ? Ils louent leurs services pendant leur temps libre. Vous les voyez à l'écran, vous êtes tenté, vous leur passez un coup de fil.

— C'est exact. J'ai assisté à une projection dans la maison de Michael Wilding et Liz Taylor. Michael nous a projeté *Dans la chaleur des vestiaires* et *Prison torride*, puis il nous a fourni une recommandation.

« Recommandation » me laisse bouche bée.

— Ces types-là, ils pourraient satisfaire des femmes ?

Liberace hurle de rire.

— Ils pourraient le faire, ils peuvent le faire, et ils le font, mon trésor. Et Don « Le Bourricot » est la huitième merveille du monde, si vous voyez ce que je veux dire.

Je ressens des picotements. Je pense qu'il me serait possible de doubler la mise. Je vois des dollars et des stars du ciné sur mon terrain d'atterrissage.

— Donc, Michael Wilding est un chevalier de la rosette ?

— Jusqu'au trognon, mon chou. Sa maison, on l'appelle familièrement « Chez Tata », ce qui déplaît souverainement à Liz.

Je glousse.

— Et Liz veut divorcer, pour passer au mari suivant et battre le record du monde ?

Liberace se tape sur les cuisses.

— Oui, et elle devance même votre petite amie dans ce domaine.

Je fais craquer mes phalanges. Liberace se pâme. Le pédé précieux en jouit presque dans son pantalon.

– Dites à Liz de me retrouver au Beverly Hills Hotel demain soir. Mettez-la au courant en ce qui concerne mes états de service.

Liberace se re-pâme. Le léopard gronde et chasse un toucan qui se réfugie dans les feuillages.

*
* *

Le Perino est un restau prétentieux pour héritiers de vieilles fortunes. On y sert des vieux cons coincés et des rentières ramollies qui vivent avec quarante-cinq chats. Je m'y rends en voiture à l'heure de la fermeture et me gare près de la sortie des cuisines. La porte est calée en position ouverte. Manolo Sanchez et un Mexicain massif récurent des casseroles.

Je sors de la voiture et je m'accroupis. À côté de la chambre froide je remarque une rangée de casiers. Gros-Tas ouvre le sien, prend sa veste, et s'en va. J'ai l'infâme Philippin pour moi tout seul.

Il se dirige vers son casier en tortillant du croupion et il commence à se pomponner. Un miroir posé à l'intérieur de la porte me renvoie son image. Mon œil de flic l'évalue aussitôt : un petit salopard malsain.

Je plisse les paupières. Aha ! Sur l'étagère supérieure du casier. Une pile de pochettes photos.

Le Philippin se cure les dents, il s'extrait les points noirs, il se cure les oreilles. J'entre. Je m'avance en silence derrière son dos. Je sors ma matraque lestée avec de la grenaille. Je vois les poils de sa nuque se hérisser. Il virevolte et sort un surin.

Clic ! – son cran d'arrêt bousille mon blazer Sy Devore. Il hurle des insultes en tagal. Elles concernent sans aucun doute ma brave femme de mère. Il pirouette et repart à l'attaque. C'est presque un corps à corps. Risquant un méchant coup de lame, je le frappe en pleine tête d'un mouvement circulaire. Ma matraque l'atteint à la puissance maximum.

Les coutures du cuir lui lacèrent la façade. L'extrémité plombée lui arrache un sourcil et lui écrase le nez. Il lâche sa lame. Je l'envoie valser d'un coup de pied. Je l'attrape par le cou et j'étouffe son cri. La bassine à friture se trouve tout près de là. Elle crachouille de l'huile bouillante.

Je traîne le type jusqu'au fourneau. La main qui avait tenu le couteau, je la plonge dans l'huile bouillante pour en faire une friture. Je pense à tous les Japs que j'aurais tués si je n'avais pas passé toute la guerre chez nous.

Il hurle. Son cri, c'est celui des brigades de Japs carbonisés sur l'île de Saipan. Je maintiens sa main dans l'huile et je la brûle jusqu'à l'os. Des éclaboussures atteignent ma chemise achetée à la London Shop.

Je lui lâche la main. Je m'approche du casier, je m'empare des photos et je les consulte. Liberace qui refile de la bagouse – en Kodacolor, tirages et négatifs.

Sanchez brame et donne de la bande d'un bout à l'autre de la cambuse. Pris de convulsions, il renverse un égouttoir et rebondit contre le mur. Sa main est carbonisée. Je vois la chair se détacher de ses doigts.

*
* *

La nuit ne fait que commencer. J'ai cinq mille dollars de plus à mon crédit et je suis boosté à bloc par la violence et la vue du sang. Une révélation me ravit : je comprends que je vais pouvoir, moi aussi, faire chanter les empaffés. Je décide de garder deux des négatifs.

Un appel au fichier central me fournit des infos sur la troïka des films de trou de balle. Les lascars partagent une baraque à Silver Lake et un penchant subversif pour la souillure par le sexe. *Semper fi*[1] – ils se sont connus dans le corps des Marines et contrôlent leurs trafics depuis un bar *bondage* de San Diego. Ils vendent de fausses cartes vertes, refourguent de la cantharide, emmènent à Tijuana des groupes de Rotariens voir des coïts bestiaux entre des femmes et des mulets. Leur article vedette : un gode de quarante centimètres, fidèle réplique du dard de Don « Le-Bourricot ».

Ils se retrouvent dans un sale pétrin en 1950. Ils vendent de la cantharide à une lycéenne nymphomane et lui promettent un rencard avec Don « Le Bourricot ». Le Bourricot décline. La nympho s'empale sur le

---

1. Semper Fidelis – *Toujours fidèle* –, devise des Marines.

levier de vitesse d'une Buick 46, ce qui lui vaut une hémorragie. La police de San Diego enregistre contre eux une plainte pour voies de fait. Le juge la classe sans suites. Un potin persistant prétend que ce juge est un client fidèle des services de Race Rockwell.

Leur baraque est une bicoque en bois envahie de bougainvillées. J'actionne la sonnette à 23 heures et personne ne me répond. Un grillage de fenêtre mal fixé me laisse entrer sans délai. Ma lampe à la main, j'explore les lieux sans bruit et les inventorie.

Les lascars possèdent des brassard nazis, des romans de Mickey Spillane, et des uniformes de Marines couverts d'insignes gagnés au combat. Des haltères, un appareil photo, un éclairage de studio, une collection complète de magazines de camps de nudistes qui remonte jusqu'à 1936. Des photos souvenirs du Klub Satan de Tijuana, Nouvel An 1948. Des souches de billets pour le match de boxe Manuel Ortiz-Harold Dade. Un contrat pour assurer la promotion d'un boxeur à la mie de pain, un nègre qui se fait appeler Junior « Knock-out » Wilkins.

Je sors sur la terrasse. J'emporte avec moi une bouteille d'Old Crow qui appartient à mes lascars. J'ai reconnu les rubans sur leurs uniformes. J'étais sergent instructeur à Parris Island pendant qu'ils prenaient Guadalcanal.

Je biberonne du bourbon. Je m'imbibe un brin. Une vieille guimbarde se gare à 1 heure du matin. Les lascars en descendent et se dirigent vers la porte.

Je sors mon insigne et braque sur lui le faisceau de ma lampe. Il fait très noir dehors. Je ne les vois pas reculer et capituler. Je l'imagine seulement, diaboliquement.

– Je m'appelle Fred Otash. Vous allez devenir mes associés.

*
* *

Extorqueur exubérant, entrepreneur entreprenant. Une rengaine qui tourne dans ma tête tandis que j'attends Liz en me léchant les lèvres. Je me suis à moitié arsouillé avec mes lascars, puis je leur ai dicté mes conditions : je veux 20 % des bénéfices de vos exploits érotiques, et je vous offre en échange une protection policière. Et en plus… vous constituez désormais le noyau dur de l'équipe d'étalons de Fred Otash. Soyez prêts à saillir et satisfaire des ménagères en manque.

Don « Le Bourricot » me fournit une profusion de pilules de benzédrine. C'est dans un état second que je fais ma tournée d'inspection au centre-ville. Je mets fin à un pugilat à la Mission *Jésus Notre Sauveur*. J'expulse de Pershing Square un ramassis de provocateurs rouges. Je serre un satyre devant un cinéma. J'embarque un énergumène exubérant qui met le feu aux fringues des poivrots à la lampe à souder.

Ma tournée d'inspection se termine. Je me rends au tribunal et je potasse les lois sur le divorce. Je réserve un bungalow au Beverly Hills Hotel et je pompe mes provisions aux commerçants du coin. Le Chai de Charlie me fournit le champagne, et la Brasserie Bruno les charcuteries. L'un et l'autre me promettent une livraison sans délai.

Je fais un saut jusque chez moi et je troque mon uniforme contre un ensemble Cary Grant. Eh oui ! Votre ardent arriviste s'apprête à frapper un grand coup !

Le bungalow est spacieux et luxueux, froufroutant et flamboyant. Le groom fait la grimace devant mes provisions – saucisson de

Bologne et fromages – éclairées à contre-jour par les projecteurs. Il lève les yeux au ciel et décampe. Je fais les cent pas et je fume à en avoir la gorge à vif. On sonne à 20 heures pétantes.

C'est elle – Elizabeth Taylor à vingt ans.

Elle reste sur le pas de la porte. Je cherche une entrée en matière. Elle porte une robe blanche moulante qui caresse ses courbes et sublime son buste. Elle m'annonce :

– Si je marche trop vite, je vais faire craquer une couture. Aidez-moi à atteindre ce canapé.

Je lui prends le coude et la conduis. Sentant que ma main tremble, elle sourit. Je la fais asseoir et je sers deux verres de champagne de chez nous. On se carre sur le canapé et on trinque.

Liz lève le bras. Une couture de sa robe cède jusqu'à l'ourlet. Elle jure :

– Bon sang ! Je n'étais même pas obligée de porter ça. Vous n'êtes que le limier qui trouvera la piste de mon divorce.

Je glousse. Liz ajoute :

– Vous ne m'épouserez pas, d'accord ? Je ne peux pas continuer comme ça jusqu'à la fin de mes jours.

— J'aurais une chance ?

— Plus que vous ne pensez. Les héritiers de chaînes d'hôtels et les acteurs pédés, ça n'a pas marché. Alors, qui pourrait affirmer qu'avec un flic, ça ne marcherait pas ?

Je souris et avale une gorgée de champagne. Liz passe un bras derrière moi, rafle une tranche de saucisson et la bâfre. Sa robe la comprime toujours. Elle souffre, c'est évident.

Je baisse la fermeture à glissière qui court derrière son dos et lui donne de l'espace pour respirer. Elle soupire – Ah, ça va mieux.

Les épaules de sa robe se détendent et glissent sur ses bras. Son visage reste impassible. Nos genoux se touchent sur le canapé. Liz ne brise pas le contact.

— Comment faire pour me débarrasser de Michael ? Je ne peux pas l'accuser de cruauté mentale, parce qu'il est adorable, et je ne lui veux pas de mal. Je sais qu'il faut un motif valable pour demander un divorce.

Je remplis son verre.

— Je vais installer des micros chez vous. Ensuite, vous faites boire Michael, et vous l'amenez à vous avouer qu'il aime les garçons. En y mettant les formes, je le menace de révélations fracassantes, et il consent à un divorce à l'amiable.

Liz sourit jusqu'aux oreilles.

– C'est aussi facile que ça ?

– Nous sommes tous les trois des citoyens blancs et civilisés. Vous gagnez sans doute plus d'argent que lui, mais il est plus âgé et possède des avoirs substantiels. Vous négociez le partage des avoirs et la pension alimentaire dans cette perspective.

– Et pour votre rétribution ?

– Je touche 10 % de votre pension alimentaire, à perpétuité. Vous ne m'oubliez pas, et vous me recommandez à des gens qui pourraient avoir besoin de mes services.

Liz pose un bras sur le dossier du canapé. Sa robe cède sous la pression de son soutien-gorge. Nos regards se trouvent. Le reste du décor se désintègre.

– Et comment ferai-je pour ne pas vous oublier ? Il y a tant de gens qui réclament mon attention.

– Je vais faire de mon mieux pour que cette soirée reste inoubliable.

*
* *

Elle l'est restée, pour moi.

Liz est morte il y a quelques années.

Si je vais au paradis, je la questionnerai sur cette première fois.

Cela commence de façon maladroite mais charmante. Ma dernière réplique donne le signal du premier baiser. Liz est déjà victime d'une tenue trop étroite. D'un mouvement d'épaules, elle fait tomber sa robe jusqu'à la taille. Nos baisers se multiplient.

Je l'emporte dans la chambre. Elle fait sauter trois boutons de ma chemise. Ils filent comme des flèches vers l'autre bout de la pièce. On en rit. J'entends la radio du bungalow voisin. Rosemary Clooney chante : *Hé, toi, là-bas – toi qui as les yeux remplis d'étoiles.*

On se déshabille. Ne tournons pas autour du pot : nous sommes bellissimement bien bâtis, la nature nous a avantageusement pourvus d'avantages et de corps capables de briser bien des cœurs. Nous constituons le couple le plus sensationnel du L.A. de 53.

On fait l'amour toute la nuit. On boit des coupes de champagne que suivent des verres de Drambuie. On fume deux paquets de cigarettes et on échange des ragots. À l'aube, on enfile des peignoirs et on monte sur le toit du bungalow.

Un essai nucléaire est programmé au Nevada. Les journaux prédisent un feu d'artifice aveuglant. D'autres occupants de bungalows sont déjà sur leurs toits. Je vois Bob Mitchum et une petite caille qui fument un pétard, je vois Marilyn Monroe et Lee Strasberg, Ingrid Bergman et Roberto Rossellini. Tout le monde a l'air ravi et vidé d'avoir trop baisé. Tout le monde a prévu une bouteille pour fêter l'événement.

Tous les spectateurs sont joyeux et échangent des bonjours en agitant les bras. Mitchum a sorti une radio portable pour le compte à rebours. Il l'allume. J'entends des parasites, puis :

– ... 8, 7, 6, 5, 4, 3, 2, 1.

Le monde est balayé par un grand WOUF... Le sol tremble. Le ciel s'illumine en mauve et en rose. Nous brandissons tous nos bouteilles avant d'applaudir. Les couleurs s'estompent pour céder la place à une lueur blanche aveuglante. J'entoure de mon bras la taille d'Elizabeth Taylor. Je regarde Ingrid Bergman droit dans les yeux.

5

Los Angeles en 1953, c'est mon *ground zero*. Cette bombe atomique m'envoie toujours des ondes de choc à travers le corps. Les pages de mon calendrier sont irradiées par la radioactivité. Elles défilent si vite qu'on ne peut pas en lire les dates.

Sur le moment l'air est saturé de particules. Dans la ville entière, les gens toussent et suffoquent. Je ne m'en rends même pas compte. Ce qui me reste, ce sont les couleurs de l'explosion de la bombe. Mon L.A. reste mauve et rose à jamais.

Je travaille pour le LAPD. J'effectue ma ronde quotidienne dans le centre-ville. Je coince des Cocos pendant le remue-ménage qui réclame « Libérez les Rosenberg ! ». Dans Pershing Square, je pince des pervers, des pickpockets et des piqueurs de sacs à main. Ma petite affaire de films pornos me rapporte du pognon. Don « Le Bourricot » Eversall donne du dard dans tout Hancock Park. C'est Joi qui gère les rencards de Don. Elle prend le café avec les femmes au foyer qui se sentent délaissées et fixe les dates des rendez-vous. Liberace me fait profiter des cancans de ses copines. Liz Taylor et Michael Wilding se sont séparés. Je touche 10 % de la pension alimentaire de Liz. Joi, Liz et moi, on se vautre à trois sur mon terrain d'atterrissage. Liz connaît une hôtesse de la Pan Am nommée Barb Bonvillain. Elle travaille sur la ligne L.A.-Mexico, et elle a rendu la moitié de Hollywood accro aux suppositoires de Dilaudid et de morphine. Barb la Barbare mesure 1 mètre 90, pèse 80 kilos, et elle a pour mensurations : 100-60-90. Elle a obtenu un excellent score au décathlon féminin des jeux d'Helsinki, en 1952. Tous les quatre ensemble, on se mélange énergiquement. Le terrain d'atterrissage en pâtit puissamment. On massacre le matelas et on ravage les ressorts du sommier.

L.A. en 53 – c'est la fête du calcif !

Chaque soir ou presque, Joi et moi nous rendons au Crescendo ou au Largo. Les serveuses me fournissent des secrets salaces en échange de mes pourboires princiers. Je revis ma jeunesse de petit voyou voyeur – ravageuse résurgence !

Une frustration fracassante se fixe en moi. J'ai toutes les infos – mais il faudrait une armada d'experts extorqueurs et de fous de la photo pour en tirer profit. Je me siphonne le ciboulot. Je me cogne le crâne contre le mortifiant mur de briques de l'ignorance. L'extorsion en tant qu'existentiel dilemme. Un casse-tête déconcertant digne d'un philosophe français.

Ma vie de flic n'est pas de taille à lutter avec ma vie dans le luxe. Je suis un agent double, comme cette crapule communiste d'Alger Hiss. Liz Taylor m'amène en voiture au commissariat central et elle signe des autographes aux agents en uniforme. Je sais que cela parviendra aux oreilles du directeur William H. Parker. Je rêve de lui brandir mon index sous le nez en lui conseillant d'aller se faire foutre.

Ralph Mitchell Horvath continue de me hanter. Les cauchemars m'envahissent dès que je glisse dans le sommeil. Joi et Liz me dorlotent avec du Nembutal et de la gnôle.

Mon mantra, à l'heure du lit, c'est : *Il méritait de mourir*. Faramineuses foutaises. Je n'arrive pas à me convaincre que j'ai fait ce qu'il fallait faire.

Les Rosenberg sont passés sur la chaise à Sing-Sing. C'était justifié. Ils ont vendu à la Russie les secrets de la bombe A. Ils ont eu ce qu'ils méritaient.

Mon credo se met en place peu à peu : « Je suis prêt à faire tout ce qu'il faudra, sauf à commettre un meurtre. Je suis prêt à travailler pour n'importe qui, à l'exception des communistes. »

D'un point de vue moral, c'était valable à L.A. en 1953. C'est également valable au purgatoire aujourd'hui.

Je travaille de nuit au Hollywood Ranch Market, un supermarché ouvert 24 heures sur 24. Les vitres de mon bureau sont des miroirs sans tain et surplombent les allées. Je les scrute pour repérer les voleurs à l'étalage et je contemple des troupeaux de paumés.

Leur train-train me paraît tragique et me prend aux tripes. Des acteurs de troisième zone qui achètent du pain rassis et de la piquette. Des drag-queens d'un mètre quatre-vingts qui cherchent des bas nylon extra-longs.

Des accros au sirop pour la toux qui lisent les étiquettes pour connaître le pourcentage de codéine. Des ados qui piquent des magazines de cul pour aller se masturber aux toilettes.

Je surveille, je mate, je me perds parmi les perdants. Un spectre saugrenu se mêle souvent à eux. Il a vingt-trois ans environ. Il traîne, vêtu d'un coupe-vent, et ses cigarettes sont des accessoires pour compléter sa silhouette. D'un air dégagé, il sillonne les allées dès 15 h 30. Il a toujours l'air ravi. Il parle aux gens. Il cultive ses accointances. Il observe les gens à la façon dont je collais l'œil aux fenêtres quand j'étais môme. Un jour, je l'ai vu sur le trottoir, devant le magasin. Il jouait du bongo pour une clique de fiottes et de drogués. Une fille l'appelait « Jimmy ».

Ce type se montre par intermittence. Il me semble que ça pourrait être un acteur fauché qui vivote grâce aux oboles de gogos bienveillants ou d'homos vieillissants. Je l'ai vu embrasser une fille près de la poubelle à pain. Je l'ai vu embrasser un garçon dans l'allée des marchands de soupe. Il se déplace avec une grâce étrange. Il n'est ni efféminé ni viril. On dirait qu'il plane dans une sorte de plaisanterie permanente.

Je le vois carotter une cartouche de Pall Mall. Je le pince, je lui passe les poucettes, et je le hisse jusque là-haut, dans mon bureau. Il s'appelle James Dean. Il vient d'un trou perdu de l'Indiana. Il est acteur et plein d'autres choses, version bohème. Il m'explique que chez les homos, les cigarettes Pall Mall, c'est un code. La devise *In hoc signo vinces* veut dire « Par ce signe, tu feras des conquêtes ». Entre eux, ils se reconnaissent en se montrant brièvement un paquet de Pall Mall. C'est tout nouveau pour moi.

Je relâche Jimmy avec une mise en garde. On ne tarde pas à se retrouver régulièrement dans le bureau. On boit de l'Old Crow, on regarde le rez-de-chaussée du magasin en contrebas, et on échange nos points de vue sur les humanoïdes. Jimmy fréquente assidûment les bars « cuir » d'East Hollywood. Il me cafte des dealers et des célébrités qui se conduisent comme des traînées. Je lui parle de mes activités dans les films cochons et de mes étalons aux services tarifés. Je lui promets un rencard avec Don Eversall dit « Le

Bourricot » en échange d'infos salaces et inédites.

Parfois le silence s'installe entre nous. Je scrute les allées du magasin. Jimmy lit des feuilles à scandales.

C'est l'époque où elles commencent à sortir. *Par le trou de la serrure*, *Le Vasistas*, *Rumeurs et Chuchotements*, *Cancans*, *Au parfum*. Des textes qui titillent. Des propos périlleux pollués par des précautions oratoires. Des insinuations insipides.

On y traite des hommes politiques de Cocos – mais sans les accuser catégoriquement. Jimmy adore ces torchons – mais il ne les trouve ni suffisamment sordides ni assez précis dans leur prose. Il les traite de « textes trop timidement délateurs ». Il me dit :

– On peut raconter bien pire que ça, comme saloperies, Freddy. Au cours d'une seule soirée au Cockpit Lounge, je pourrais t'en récolter de quoi remplir trois numéros.

Une cloche carillonne quelque part – faiblement, depuis les fins fonds. La mémoire, c'est une rétrospection revue et corrigée. Ah, oui – le destin m'a bien piégé, ce soir-là.

Un employé des messageries entre dans le

magasin en tirant un chariot chargé de magazines. Il commence à en garnir les rayons.

Une couverture attire mon regard. Les couleurs primaires et la titraille tapageuse ne passent pas inaperçues.

Le magazine s'appelle *Confidentiel*.

6

Beverly Hills Hotel
14/8/1953

Joi me réveille. Je me castagnais avec un cauchemar. Un cauchemar à double détente : Ralph Mitchell Horvath qui a pris une balle dans la bouche, Manolo Sanchez avec la dextre décharnée.

Je regarde l'autre côté du lit. Merde – Liz est partie.

Joi lit dans mes pensées.

– Elle a reçu un appel tôt ce matin. Elle m'a demandé de te rappeler qu'Arthur Crowley tient beaucoup à son rendez-vous téléphonique.

J'allume une cigarette. Je fais passer trois comprimés de benzédrine avec une gorgée d'Old Crow. *Aaaaah*, le petit déjeuner des champions[1] !

– Rafraîchis-moi la mémoire. Qui est Arthur Crowley ?

– Cet avocat spécialisé dans les divorces qui a besoin de ton aide.

– Je l'appellerai quand j'aurai fini mon service.

Joi enfile une jupe et met ses chaussures. Elle s'habille aussi vite que la plupart des hommes.

– Arrête de ramener des filles pendant un moment, d'accord, Freddy ? Liz est formidable, mais Barb me fait penser à Helga, la louve des S.S. Franchement, ce numéro qu'elle nous a sorti avec le brassard et le porte-jarretelles ? Et en plus, dans le lit, elle prend toute la place.

Je lâche un ricanement paillard et puissant. Parfaitement réveillé, je me sens revigoré de la tête aux pieds, nettoyé de toutes mes toiles

---

1. Slogan publicitaire des céréales *Wheaties* ; également repris par Kurt Vonnegut pour le titre d'un roman.

d'araignées. C'est l'été à L.A. – *La fête du calcif !*

Joi m'embrasse et quitte le bungalow.

Je défèque, je me rase, me douche, et mets mon uniforme.

Le téléphone de la chambre se met à sonner. Je décroche. Une voix d'homme m'annonce :

– Monsieur Otash, ici Arthur Crowley.

Je fais briller mon insigne à l'aide de ma cravate. Un miroir magnétise mon regard. *Man-o-Manischewitz*[1], quelle allure !

– Monsieur Crowley, c'est un plaisir de vous entendre.

Crowley annonce :

– Monsieur, je serai bref. Je suis submergé par des maris et des épouses à bout de nerfs qui rêvent de s'entre-égorger. Les règles de loi changent constamment, et les juges qui prononcent les divorces exigent à présent que l'adultère soit prouvé. Liz Taylor m'a dit que vous auriez peut-être des idées sur la question.

---

1. Interjection exprimant un étonnement admiratif. Dérivée de « Man, oh, man ! », elle a servi de slogan aux vins casher de la maison Manischewitz.

J'allume une cigarette. La benzédrine court dans mon corps et décuple mon dynamisme.

– J'ai *effectivement* des idées sur le sujet. Si vos scrupules ne manquent pas de souplesse, je pense que nous pourrons nous entendre.

Crowley s'esclaffe.

– Je vous écoute.

– Je connais quelques Marines stationnés au camp Pendleton. J'étais leur instructeur en 43 et 44, et maintenant ils sont revenus de Corée et ils ont besoin de s'amuser. Avec tout l'arsenal que je leur propose : des voitures au moteur trafiqué, des complices bien roulées, des talkies-walkies, des écoutes téléphoniques, et des appareils photo Speed Graphic.

Crowley se marre.

– *Semper fi*, cher monsieur. Vous êtes un homme comme je les aime.

– *Semper fi*, chef. Nous réglerons les détails à votre convenance, et je convoquerai mes gaillards.

– Et entre-temps ? Y a-t-il quoi que ce soit dont vous ayez besoin ?

La benzédrine m'agrippe le bas-ventre. Une idée me passe par la tête.

– Mon terrain d'atterrissage a deux pistes libres ce soir. Liz m'a dit que vous étiez au courant du concept.

J'entends des voix devant le bungalow – des voix viriles et cavalièrement cassantes. Il me semble distinguer des raclements de pieds et des quintes de toux.

Crowley me répond :

– Le concept, Liz me l'a expliqué, je savais donc à quoi m'attendre en vous appelant. Je vous envoie deux sténos.

– Monsieur Crowley, vous êtes un génie.

– Les génies se reconnaissent entre eux.

Nous raccrochons. J'entends les voix de nouveau, suivies d'un bruit de clé qu'on introduit dans une serrure. Je passe dans le salon. La porte s'ouvre en grand.

William H. Parker.

Deux brutes en uniforme. Des mastiffs maladroits en mission pour le maître qui leur mande de mordre.

« *Ne cherche pas à savoir pour qui sonne le glas, il sonne pour toi*[1]. »

Je détache mon insigne et le jette énergiquement vers Parker. L'objet le frappe à la

---

1. John Donne, *Méditation 17*.

poitrine et tombe par terre. Les mastiffs s'émeuvent et se meuvent. D'un geste, Parker leur fait comprendre : *Reculez !* Les mastiffs piétinent le parquet.

Je déboucle mon ceinturon et le laisse choir sur un siège. Je sollicite tous mes stocks de sang-froid. Je suis Freddy Fréon, l'Exorciste de l'Extorsion.

– Frappez fort, Bill. Concubinage, train de vie au-dessus de mes moyens, entorses au règlement par-ci par-là. Ma tête est sur le billot, Bwana. Décapitez-moi.

Les mastiffs affichent un sourire sardonique. Parker le Pieux prend un air passablement amusé.

– Vous entretenez actuellement des rapports intimes avec une hôtesse de la Pan American nommée Barbara Jane Bonvillain, à présent incarcérée pour possession de narcotiques qu'elle s'est procurés au Mexique. Je dois vous informer que cette Mlle Bonvillain aux proportions hors norme est un agent communiste et l'émissaire personnelle du maréchal Tito, la patron rouge de la Yougoslavie. Et comme si cela ne suffisait pas, Mlle Bonvillain est en réalité un homme. Elle a subi à Malmö, en Suède, une opération pour changer de sexe, fin 51, avant de produire ses brillants efforts pour incarner une athlète féminine aux Jeux olympiques de 52. Vous avez sauté un homme, Freddy. Vous êtes un homo. Je vous exclus de ma police !

*
* *

Vous êtes un homo.
Vous êtes un homo.
Vous avez sauté un homme.
Vous avez sauté un homme.
Vous êtes un homo, vous êtes un homo, vous êtes un homo.

Je bois jusqu'à ce que j'atteigne un état d'abrutissement proche de l'hébétude. Je m'endors à même le sol. Je fais ami-ami avec les insectes coprophages qui habitent la moquette. Ce sont les desperados des déjections. Ce sont mes crasseux compagnons de mouscaille, plus méprisables que les morpions.

Je suis un homo, je suis un homo, je suis un homo.

Je bois, je perds connaissance, je me réveille. Je me retrouve nez à nez avec un gros scarabée. On entame une discussion métaphysique sur la relation homme-insecte, traversée de références à ce Tchèque déconcertant connu sous le nom de Kafka. Le scarabée m'explique que la vie est affreusement aléatoire et que nous sommes tous des pantins dont se joue le destin. Par exemple, les phytophages, ses cousins, sont condamnés à consommer des fleurs et des feuilles. Les hommes, pour leur part, sont esclaves de leur concupiscence qui peut les pousser au pageot dans les bras d'un mâle-femelle. *Mais tu ne savais pas que cette femelle était un mâle. Plonge dans ton pilulier et trouve une issue à ce sac de nœuds.*

Je suis les conseils du scarabée. La benzédrine efface les effets du bourbon. Pendant des heures, je parle de tout et de rien avec mon copain coprophage. Sur la moquette se prolonge notre tête-à-tête.

J'appelle Abe Adelman au bureau des licences de l'État de Californie. Je lui promets deux mille dollars s'il m'obtient fissa une licence de détective privé. Je prends congé du scarabée et me rhabille en civil. Je fonce tout droit au Hollywood Ranch Market.

L.A. ressemble à Pompéi, juste après l'éruption. Le soleil d'été sublime le ciel et répand ses rayons mortels. Les mâles sont des femelles et les femelles sont des mâles et les filles les mieux gaulées ressemblent à des gargouilles. J'arrive au magasin et je monte en courant l'escalier qui mène à mon bureau. J'y trouve Jimmy qui feuillette le numéro d'août d'*Au parfum*. Il me dit :

– Tu es à côté de tes pompes, Freddy.

– Je viens d'avoir une longue conversation avec un scarabée.

– Qu'est-ce qu'il t'a raconté ?

– Des trucs que tu ne croirais jamais.

– Si, j'y croirais volontiers. C'est le principe de notre amitié. On se raconte l'un à l'autre des trucs que personne d'autre ne serait prêt à croire.

Je souris.

– Dis-moi quelque chose de plausible. Je viens d'avoir un grand choc. J'ai besoin d'avoir de nouveau les pieds sur terre.

– Le barman du Manhole vend de l'héroïne.

– Je garde ça en mémoire, au cas où j'aurais besoin de lui.

Jimmy ajoute :

– J'ai une photo de Marlon Brando avec une bite dans la bouche.

– Je te donnerai un billet de cent.

Jimmy me passe la bouteille d'Old Crow. J'en avale une gorgée et je sens le plancher remonter sous mes pieds.

– Comment s'est passé ton rencard avec Don « Le Bourricot » ?

Jimmy écarte les mains de soixante centimètres. Jimmy me répond :

– Ouille !

Je me marre. On se passe et on se repasse la bouteille. Jimmy allume une Pall Mall.

– Je suis en lice pour un rôle dans une dramatique à la télévision, mais c'est sans doute ce petit con de Paul Newman qui va le décrocher.

– Je vais le piéger avec un sac d'herbe et lui foutre la trouille. C'est toi qui auras le rôle.

– Merci, Freddy.

Je repense au scarabée qui parle. À travers la vitre sans tain, j'examine les allées du magasin. Je vois le gamin au chariot. Il décharge des magazines.

– Et dire que j'ai tout un stock d'infos croustillantes, et aucun endroit où les placer ! Ça me rend dingue.

*
* *

Semper fi.
Je réunis mon équipe d'anciens Marines. Mes étalons pornographes aux prestations tarifées progressent promptement et priapiquement. Mes potes du camp Pendleton montent à L.A. pour se joindre à l'Opération Divorce. Les deux équipes se complètent. J'ai sous mes ordres six cinglés certifiés. Mes pit-bulls de Pendleton sont assoiffés de sang depuis qu'ils ont massacré des Cocos en Corée. Ils sont partants pour la marrade mortifère et je ne dois pas hésiter à tirer fortement sur leur chaîne. Nos cibles, ce sont les époux et les épouses adultères. Don « Le Bourricot » persuade des dames de le suivre dans des hôtels de passe et s'empresse de les pénétrer. Dès que j'enfonce la porte, l'appareil photo à la main, les flashes crépitent. Mes pit-bulls de Pendleton sont experts en filatures perfides. Ils pistent les épouses égarées

et les conjoints coureurs jusqu'à leurs hôtels puis me préviennent par talkie-walkie. C'est Joi qui sert d'appétissant appât pour les messieurs en manque. Elle s'inspire des notes inouïes qu'Arthur Crowley a compilées sur les manies des hommes mariés. Joi est à la fois une séductrice salace *et* une péteuse de braguette parfaitement polaire. J'enfonce toujours les portes au moment précis où coulissent les fermetures à glissière.

L'Opération Divorce est une manœuvre des Marines et une fabuleuse façon de faire du fric. L'Opération Otash est la forme ultime du commandement clandestin. Je rétribue une armée de mouchards médisants. Ma licence de détective privé est arrivée par courrier et contribue à me confirmer dans mes délictueux desseins. Je ne verse guère de larmes sur ma carrière brisée de policier. Je file du fric à des flics corrompus contre des cafardages sur des homos honteux, des toxicos timorés, des soûlards au bord de la cirrhose. Je constitue des dossiers substantiels sur les secrets des célébrités et j'engrange ces horreurs au fond de mon cœur. *Savoir des choses, c'est le secret du pouvoir* – voilà ce que m'a rappelé le scarabée du Beverly Hills Hotel. La seule pièce du puzzle qui manque encore : comment tirer *systématiquement* de l'argent de tout ça.

Jimmy s'y met aussi. J'ai botté le cul de ce crétin de Paul Newman et je lui ai brandi sous le nez un sac de marie-jeanne portant ses empreintes. Et c'est Jimmy qui a eu le rôle pour cette dramatique à la télévision[1]. Il en rampe de reconnaissance. Je loue ses services pour qu'il saute le mari d'une douairière avide de divorce qu'indisposent les frasques de son conjoint. Jimmy est un navigateur polyvalent – quand il le faut, il passe très vite de la voile à la vapeur. En une semaine, il a bourriné cinq bergères – c'est mieux que le record en cours du Bourricot. J'ai pris des clichés des clientes au moment où Jimmy leur insérait son salami.

Los Angeles, 1953 – *Une endémique fête du calcif!* Et les pages du calendrier continuent de défiler vers ce rencard avec ma destinée.

Je suis sur mon terrain d'atterrissage avec Liz et une serveuse du Bœuf sur le Gril.

---

1. *I'm a fool*, adaptée d'une nouvelle de Sherwood Anderson, avec James Dean et Natalie Wood.

J'entends qu'on soulève le volet de la fente du courrier. Une enveloppe tombe sur le tapis. C'est un télégramme envoyé via Western Union. Je l'ouvre et le lis :

Cher Monsieur Otash,
Notre magazine, *Confidentiel*, est à la recherche d'un correspondant au courant de tous les secrets des célébrités du Los Angeles d'aujourd'hui, et qui soit de préférence un homme ayant auparavant travaillé dans la police. Seriez-vous disposé à me rencontrer dans une semaine, afin que nous discutions d'une éventuelle collaboration ?
Bien à vous,
Robert Harrison, éditeur et rédacteur en chef.

7

Ava Gardner : La mignonne aime les moricauds !

Pugilat de pissotière : Johnnie l'agité rend coup pour coup !

Bob-le-Bandit-Mitchum : Il a ENCORE trouvé le JOINT ?

Je réponds par câble à Bob Harrison pour lui confirmer notre rendez-vous. Je loue un bungalow de toute beauté au Beverly Hills Hotel. J'emprunte des livres de droit à Arthur Crowley et j'étudie la diffamation publique, la dénonciation calomnieuse et les propos malveillants. J'apprends à penser et à m'exprimer comme un avocat qui sait ce que les mots veulent dire.

Jimmy accumule les anciens numéros de *Par le trou de la serrure*, *Cancans*, *Au parfum*, *Rumeurs et Chuchotements*, et *Confidentiel* lui-même. Je me penche sur les lacunes linguistiques et je cultive les codes de l'ambiguïté, de l'équivoque, du sous-entendu, de la déduction, de la suggestion. Il y a tant de façons féroces de lacérer un lascar à coups de scandales.

En une semaine, je deviens mon propre alter ego. Je découvre la scandallusion et l'insinuationisme. Je m'installe dans le bungalow un jour plus tôt que prévu. Je confère sur la question avec le scarabée qui parle, et nos convictions convergent : *Confidentiel* est le Graal idéal de cette génération dérangée. Désillusionner les masses, c'est les édifier. *Confidentiel* pervertit la vérité et harponne l'hypocrisie. C'est une revue rigoureusement recommandable. C'est la monstrueuse Magna Carta de notre époque débile et déboussolée.

Nous sommes le 21 septembre 1953. Il est précisément 10 heures du matin. La sonnette retentit.

Caviar, canapés… Impec ! Cocktails copieusement alcoolisés… Impec ! Mon dossier sur Bondage Bob… mémorisé avec soin à des fins inavouables.

J'ouvre la porte. L'Imperator de l'insinuation : un craintif émotif en costard clinquant mais camelote. Il me dit :

– Bonjour, monsieur Otash.

– Monsieur Harrison.

Il entre et s'extasie. Je sers deux cocktails costauds et désigne le divan. Nous levons nos verres. Je porte un toast :

– À la liberté d'expression.

– Au premier amendement. À ce qu'il a rendu possible.

Nous entrechoquons nos verres. Je m'assieds en face de Bob. Il fait un signe qui signifie vous et moi. Il dit :

– Étranges partenaires que nous sommes.

C'est toi le plus étrange de nous deux, pauvre type. C'est toi qui portes des sous-vêtements féminins et qui aimes te faire fouetter. C'est toi qui as publié *Beautés en bas de soie* avant de lancer *Confidentiel*.

– Dites-moi quelque chose qui retienne mon attention, monsieur Otash. Et mettez le paquet, cher ami. Je possède un établissement qui s'appelle le « Bureau de recherches de Hollywood ». C'est ma source principale d'informations depuis notre lancement. La revue se maintient grâce aux rares pépites qu'il a déterrées, et à notre imagination. La sauce manque de consistance, la plupart du temps. Impressionnez-moi, mon vieux. Montrez-moi pourquoi les initiés affirment : « L'homme qu'il faut voir, c'est Fred Otash. »

Je sors ma photo de Marlon Brando. Je la passe à Bondage Bob. Il s'en étrangle et m'asperge en recrachant son cocktail.

Je n'éponge pas ma veste, elle séchera toute seule. Bondage Bob tousse et reprend ses esprits. Il commente :

– Nom de Dieu !

– Puis-je vous livrer franchement mon analyse de votre situation, et vous expliquer de quelle façon je pourrais vous être le plus utile ?

– Je vous écoute, mon chou. Je n'ai pas fait 5 000 kilomètres en avion pour entendre des propos sans intérêt.

Je remonte mes manchettes et j'exhibe ma Rolex. Je bombarde Bondage Bob d'un regard réfrigérant à la Freddy Fréon.

– Vous publiez ce qui est en train de devenir rapidement la revue numéro un d'un marché très encombré. Vous êtes en concurrence avec *Rumeurs et Chuchotements*, *Cancans*, *Par le trou de la serrure*, *De vous à moi* et d'autres encore. Vos rivaux ont principalement recours à des comptes rendus de véritables affaires criminelles, à des articles sur des remèdes miracles destinés à diverses maladies, et à des redites de vos propres papiers relatant les écarts de conduite des célébrités. Les points forts spécifiques de votre magazine sont ses prises de position foncièrement anticommunistes et le sexe. Franchement, je trouve que ceux de vos articles qui ciblent la soif de réussite – financière ou sentimentale – de vos lecteurs manquent totalement de crédibilité et de cette excitation qui fait que les gens choisissent *Confidentiel*. Non, il n'existe pas de mines d'émeraudes au Colorado ni de plantes uruguayennes qui multiplient par trois la taille du membre viril en deux semaines. Tout ça, cher monsieur, ce sont des mensonges. Vous espérez qu'en trompant vos lecteurs sur la marchandise avec ce genre de fables, vous allez dynamiser les ventes et compenser ce que vous coûtent les procès en diffamation qu'on vous intente de plus en plus souvent dans le pays tout entier. Mon excellent ami, le juriste renommé Arthur Crowley, m'a informé que les magazines qui font du remplissage à l'aide d'articles bourrés de mensonges éhontés créent ce qu'il nomme « une faille de crédibilité et de vraisemblance ». À terme, cette faille remet en question la véracité de tous les articles publiés par lesdits magazines, faisant d'eux des cibles faciles à la fois pour les poursuites des particuliers et pour ce que M. Crowley appelle « le spectre menaçant des recours collectifs en justice », qu'il assimile aux procès types des nations communistes et aux foules déchaînées qui exigent un lynchage – les parties plaignantes se réunissant sous l'égide d'avocats juifs de gauche afin de satisfaire une revendication commune et de détruire le premier amendement qui garantit la liberté d'expression que nous tenons pour sacrée, ici, en Amérique. Les litotes, les périphrases, les formules évasives qui truffent vos articles innovants sur les écarts de conduite des célébrités ne parviendront pas à vous sauver la mise. Vous pouvez tant que vous voudrez avoir recours à des adverbes tels que apparemment, censément, prétendument, ils ne vous seront d'aucun secours quand il vous faudra échapper aux foudres de la justice. En connaissance de cause, je vous soumets pour commencer deux recommandations : vous devez, de façon spectaculaire, augmenter le calibrage de vos articles consacrés au sexe, et veiller à ce que tout ce que vous publiez dans *Confidentiel* soit entièrement vrai et vérifiable.

Oh, ho ! Quelle maîtrise dans le maniement des mots, quel don du débit et de la diction ! Bondage Bob en reste baba, ébahi, abasourdi derrière la bouteille de Beefeater's.

Il s'agite. Il se lèche les lèvres. Il croise les jambes comme un esclave consentant. Il ne porte pas de chaussettes ; sur la peau pâle de ses chevilles je vois des cicatrices laissées par des cordes de contention.

– Les procès pour atteintes à la vie privée nous coûtent 25 000 dollars par mois. Ces avocats communistes, il en surgit de partout, comme des rats sortant des égouts.

Je me lance dans mon second soliloque :

– Les informateurs doivent être à la fois crédibles et manipulables, et même vulnérables à la menace d'un déballage public de leurs propres frasques. J'ai travaillé pendant près de dix ans dans la police de Los Angeles. Je connais personnellement chacun des flics corrompus de cette ville, et pour toucher un bakchich, ils sont prêts à dénoncer tous les gens sur lesquels ils ont des renseignements confidentiels : célébrités, mondains et mondaines, communistes, adeptes des unions interraciales, et voyous présentables. Les salauds qu'ils dénonceront en dénonceront volontiers six autres à leur tour pour ne pas être cités dans votre magazine, et le principe arithmétique que je vous expose fonctionnera éternellement. Je vois bien que vous vous dites : Les informateurs, ça ne suffit pas, et vous avez raison de le penser. Vous savez peut-être que nous entrons dans une nouvelle ère, franchement fureteuse, de la surveillance électronique. Je propose une installation fixe de micros fonctionnant en continu dans tous les hôtels de luxe de Los Angeles. Je me chargerai de soudoyer les directeurs et les réceptionnistes desdits hôtels, pour qu'ils attribuent aux couples clandestins de personnes célèbres les chambres spécialement équipées, où leurs ébats sexuels et leurs conversations seront captés sur bande magnétique. Le meilleur poseur de micros du monde, c'est un schmoutz nommé Bernie Spindel. Je dois le voir bientôt. M. Spindel serait ravi de travailler pour votre magazine, et il a un cadeau pour vous. La semaine dernière, il a piégé un bungalow de l'hôtel Miramar à Santa Monica. Le directeur de l'hôtel est un masochiste pédophile qui éprouve un besoin fort compréhensible de se faire punir pour ses aberrations sexuelles. Je ne manquerai pas de lui infliger tous les mois un châtiment corporel sévère, ce qui le dissuadera de faire du mal à des enfants tout en le maintenant sous ma coupe. Il aura pour consigne, à appliquer strictement, d'attribuer à toutes les célébrités de passage chez lui le bungalow numéro 9. Le cadeau de Bernie, c'est un enregistrement du sénateur Kennedy qui saute Ingrid Bergman et lui détaille son projet ridicule pour se faire élire président des États-Unis, pendant qu'elle bâille et lui parle de ses enfants. Autant vous prévenir : le coït lui-même est très bref. Je ne mâcherai pas mes mots : le sénateur Kennedy n'a besoin que de deux minutes.

Bondage Bob : épaté, époustouflé, épastrouillé.

– Donc, nous…

Je lui coupe la parole.

– Donc, nous planquons des micros dans tous les bains publics fréquentés par les homos. Donc, j'ai des moyens de pression sur les informateurs qui fournissent les secrets salaces destinés aux plus explosifs de nos articles. Donc, je les fais passer au détecteur de mensonges pour m'assurer de la véracité de leurs affirmations. Donc, je crée un climat de terreur à Hollywood, qui est sur cette bon Dieu de planète l'endroit le plus cosmétiquement moraliste et le plus somptueusement immoral. Parce que je possède un flair infaillible pour déceler les faiblesses humaines, et que j'ai compris depuis un certain temps déjà que nous sommes entrés dans une ère où les gens puissants et célèbres nourrissent tous secrètement le désir de voir leurs vices étalés au grand jour. Parce que je n'hésiterai pas à cambrioler le cabinet d'un psychiatre pour obtenir des infos croustillantes sur ses patients célèbres. Parce que je n'hésiterai pas à empêcher un procès en ayant recours aux menaces et à la violence physique.

Bondage Bob s'en étrangle.

– Mais alors, qu'est-ce que vous refuseriez de faire ?

Je revois Ralph Mitchell Horvath. Je réponds :

— Commettre un meurtre ou travailler pour les communistes.

Une petite pause, à présent. Écoutez ce silence à entendre une mouche voler. Laissons-le s'éterniser...

— Consentiriez-vous à subir une audition ? Pour mettre à l'épreuve vos connaissances en informations confidentielles ?

J'opine du chef. Bondage Bob me bombarde. Face à ses questions, je tiens carrément la cadence.

— Le sénateur Estes Kefauver ?

— Abonné aux putes. Il s'enferme avec des caravelles philippines à l'hôtel Statler du centre-ville quand il descend à L.A.

— Sinatra. Je veux du neuf.

— Il a surpris sa nouvelle petite amie en train de brouter Lana Turner au Beverly Wilshire. Il est parti picoler avec Jackie Gleason pendant six jours de rang, et il a fait une crise de delirium à la cathédrale Queen of Angels.

— Otto Preminger ?

— Amateur de bois d'ébène. Actuellement sous le charme d'une séductrice sépia, la dénommée Dorothy Dandridge.

— Lawrence Tierney ?

– Bagarreur, psychopathe, et frère du célèbre fumeur d'herbe Scott Brady. Il apprécie beaucoup les garçons qui fréquentent le Cockpit Lounge, et à l'occasion les filles qui ressemblent à des garçons.

– John Wayne ?

– Quasi drag-queen. Il baise des femmes et il a une allure folle en robe longue, taille 52.

– Johnny Weissmuller ?

– Monté comme un âne. Bien connu pour avoir fait neuf mômes hors mariage avec neuf femmes différentes. Détenteur actuel du record du monde du mâle de race blanche le mieux membré.

– Duke Ellington ?

– Détenteur actuel du record du monde du mâle de race noire le mieux membré.

– Van Johnson ?

– Un obsédé du sperme. Suce des bites à travers une cloison percée d'un trou dans les toilettes pour hommes du grand magasin May Company – celui de Wilshire Boulevard.

– Burt Lancaster ?

– Un sadique. Possède une chambre des tortures bien aménagée dans sa crèche de

Beverly Hills. Il paie des call-girls pour leur infliger des supplices.

— Fritz Lang ?

— On sait qu'il filme les séances de tortures de Burt et qu'il les projette à une clientèle triée sur le volet.

— June Christy, la chanteuse éthérée ?

— Nymphomane, n'aime que les grosses pointures. L'étalon que j'emploie pour mes chantages, Don « Le Bourricot » Eversall, la régale à dates fixes. Le Bourricot a un judas dans sa piaule. Mon copain Jimmy Dean a tiré un film d'avant-garde de leur dernier rendez-vous. Cela s'intitule La Bien-Roulée et le Bien-Monté. La première aura lieu vendredi soir, vous y êtes cordialement invité.

— Alfred Hitchcock ?

— Voyeur.

— Natalie Wood ?

— Actrice précoce en période de transition. La rumeur dit qu'elle est installée dans une planque remplie d'esclaves sexuelles pour lesbiennes près de Hollywood High.

— Alan Ladd ?

— Amateur de chattes dramatiquement sous-dimensionné. C'est un homme en proie à un dilemme existentiel digne de ces crétins de philosophes communistes.

Bondage Bob est soufflé, suffoqué, sidéré. Émoussé par la boisson, il est à ma botte.

– Monsieur Otash, je vous engage.

– Cinquante mille dollars par an plus mes dépenses personnelles. Mes frais de fonctionnement vont au minimum doubler cette somme.

Maintenant, il vire un peu verdâtre. Maintenant, il sait qu'il est coincé. Je me félicite de ce fait accompli.

– Oui, monsieur Otash, j'accepte vos conditions.

On se serre la main.

Bondage Bob ajoute :

– Jean-Paul Sartre est un copain à moi. Il va adorer La Bien-Roulée et le Bien-Monté.

Le scarabée qui parle traverse le tapis et me salue au passage. Je vous jure que c'est vrai.

8

Jimmy chronomètre le coït : une minute quarante-six secondes. Les partenaires : le futur président et futur martyr à la mords-moi-le-nœud JFK, et la somptueuse suédoise Ingrid Bergman. Le magnéto a capté des confidences sur l'oreiller. Jack tousse et dit :
— Aaaah, que c'était bon.
Ingrid bâille et rétorque :
— Enfin, pour un de nous deux, peut-être.
Je me bidonne. Jimmy se marre. Il est 3 heures du matin, le calme règne dans le magasin. On se passe et repasse la bouteille d'Old Crow.
Jimmy m'annonce :
— On a bouclé le tournage de la dramatique pour la télé. J'ai invité Ronnie Reagan à la première.

– Il déteste les Rouges. Je vais le cuisiner pour qu'il me balance quelques noms.

La bande magnétique gémit et se tait dans un dernier hoquet. Jimmy éteint l'appareil. Le môme au chariot rouge décharge *Confidentiel*. Le chariot est orné d'un nom inscrit à la peinture blanche. Je ne parviens pas à le déchiffrer clairement.

Jimmy me dit :

– Il t'intrigue, ce môme.

– Il ne devrait pas traîner ici à une heure pareille.

– Lui et toi, vous avez le même patron, maintenant.

– Je sais.

– Quand je serai célèbre, arrange-toi pour qu'on ne parle pas de moi dans ton magazine.

– Mais le jour où tu seras dans *Confidentiel*, tu seras *sûr* d'être célèbre.

*
* *

Le premier chèque arrive. Je m'assure les services de Bernie Spindel, le « Spécialiste de l'espionnage ». C'est un Juif orthodoxe qui a huit mômes et six maîtresses moricaudes. On a discuté ensemble de la métaphysique de l'amateur de bois d'ébène. Bernie m'a affirmé :

– Quand on y a goûté, on ne peut plus s'en passer.

Toute la semaine, on planque câblages et connexions dans des panneaux et des plinthes, on monte des micros sous des matelas. Je soudoie des sous-directeurs jusqu'à plus soif. On perce, on replâtre, on alèse, on taraude, on plante, on piège tous les hôtels de luxe. Des bakchichs à date fixe nous fournissent, sous forme de documents sonores, des saillies de célébrités salaces – saisies dans ces suites somptueuses. Les dollars abondent chez Bondage Bob. On pose des postes d'écoute au Beverly Hills Hotel, au Bel-Air Hotel, au Beverly Wilshire, au Miramar, au Biltmore, au Statler du centre-ville. Un chasseur du Statler nous tuyaute sans tarder : Gary Cooper et une mignonne encore mineure viennent de se pieuter dans la piaule piégée. *Boum !* – notre système s'amorce, synchrone. Les ressorts du sommier sont malmenés, des voix vibrent, les micros captent des papotages et les transmettent au poste d'écoute. *Boum !* – mes molosses ex-Marines récupèrent la bande magnétique. *Boum !* – la gamine a seize ans, c'est une élève du lycée mixte Belmont. Gary lui dit :

– Tu es sacrément bien roulée, mon chou. Tu t'appelles comment, déjà ?

La même lui souffle :

– J'ai toujours adoré vos films, monsieur Cooper. Et, dites donc, vous avez un sacré outil.

Les cancans, les racontars, les chroniques scandaleuses, les dénigrements graveleux, tout cela se *vérifie*. Et les confirmations commencent à me parvenir pour garnir l'escarcelle de *Confidentiel*.

Jimmy termine le montage de son film et le dote d'une bande-son bandante. La priapique première est bien *l'événement* de l'automne 53 à L.A. Je sers des pizzas, du pinard et des pilules fournies par un pharmacien félon. Mon appart' est plein de Marines et de metteurs en scène, de starlettes stupides, de stars stupéfiantes et d'étalons talentueux. Visez un peu : Liz, Joi, Ward Wardell, Race Rockwell, Don « Le Bourricot ». Ronnie Reagan, Harry Fremont, Arthur Crowley, Bondage Bob, et Jean-Paul Sartre – qui évalue l'événement d'un point de vue existentiel. Une drag-queen d'un mètre quatre-vingts, Rock Hudson, l'ex-sénatrice U.S. Helen Gahagan Douglas. Charlie *Yardbird* Parker, hébété par l'héroïne.

C'est l'épicentre égalitaire de l'Amérique d'après guerre. C'est la colossale convergence des super riches et des super beaux, des désacralisés et des déséquilibrés, des expatriotes extrémistes exubérants. Cette réunion ringarde a donné le ton de cette société fatiguée et fracturée qu'est à présent notre nation.

Je baisse les lumières. Race Rockwell manœuvre le projo. La bande-son démarre : Bartók, Beethoven, du be-bop par les bons soins de Bird. Voici le générique :

La Bien-Roulée et le Bien-Monté
avec :
Don « Le Bourricot » Eversall
June Christie.
Photographie, montage et mise en scène :
James Dean.

Les applaudissements sont apoplectiques. Voilà le plan d'ouverture – une chambre de motel à Nègreville, filmée subrepticement à travers un judas.

June Christie entre dans la chambre et laisse son sac à main tomber sur le lit. Son visage trahit son appréhension. Elle allume une cigarette, regarde sa montre, tape du pied et fait les cent pas. C'est du cinéma muet. La caméra reste statique – l'objectif est rivé à ce judas.

Tiens… June a entendu quelque chose. Elle sourit, elle sort du champ, et revient avec Don « Le Bourricot ». Don lance un clin d'œil en direction du judas – il est dans la combine. June s'assied sur le lit. Don sort son engin et l'agite. Mon appart' tremble et trépide. On suffoque, on soupire, on s'extasie, on siffle stridemment, on glapit de ravissement.

Je cherche Jimmy des yeux. June dévore Le Bourricot, elle l'avale jusqu'aux amygdales. Où est Jimmy ? *Putain !* Il se paluche près des plats de pizzas !

*
* *

Les pages de calendrier défilent, s'envolent, se déchirent, changent d'aspect. Elles ressemblent à des courbes de ventes, maintenant. Elles montrent le passage de 53 à 54. Les barres verticales grimpent de plus en plus haut. Le tirage de *Confidentiel* atteint le million d'exemplaires par mois. Puis *Confidentiel* bondit jusqu'au million et demi en un temps remarquablement record.

Et tout ça, c'est grâce à *MOI*. Je suis plongé jusqu'au cou dans les secrets sordides que j'ai cruellement convoités toute ma vie. J'ai mis sur écoute le Tout Hollywood. Ma ville grouille de cafteurs de cancans que je rétribue personnellement. Les chambres d'hôtel et les maisons de passe sont reliées directo à mon magnéto. J'apprends tout ce qui est effrontément honteux, sexuellement souillé, profondément répugnant, et tout ce qui est *mal* du point de vue de la morale. C'est mal, c'est véridique, et c'est à *MOI*.

Mes matafs ne quittent plus leurs postes d'écoute. Ils captent Corinne Calvet en train de se faire calcer par un lascar au Crescendo. Ils enregistrent Paul Robeson murgé comme un goret dans un rallye rouge. Ils se payent une fois de plus Johnnie Ray l'agité. Je vérifie tout et je fais suivre à *Confidentiel*. Gary

Cooper et la mineure du lycée Belmont ? J'enterre l'affaire pour dix mille dollars.

1953, 1954. Des fêtes sur la terrasse de Liz Taylor à chaque tir de bombe A. Ces cavalcades de couleurs sur fond d'aube blême. La camaraderie et le temps de tous les possibles. Le sentiment que cette suite de moments magnifiques ne s'arrêtera jamais.

Pages de calendrier, courbes de ventes, couvertures de *Confidentiel*. Des alcoolos, des nymphos, des accros, des Cocos – des idiots ineptes, tous autant qu'ils sont. Et puis cette couverture que je regrette, cette bombe que j'ai balancée, ce moment *malfaisant*. Je revois cette page-*là* au purgatoire alors que je repose ma plume.

Le 16 mai 1954. Je suis chez moi. J'organise une triplette pour mon terrain d'atterrissage. Je viens d'enterrer un article sur le mariage secret de Marilyn Monroe au Mexique. Marilyn en ronronne de reconnaissance. Elle connaît une sœur saphique qui en pince parfois pour la pine.

Le téléphone sonne. Je décroche. Arthur Crowley m'annonce :

– Il y a du vilain, Freddy.

– Je vous écoute.

– On vient de m'avertir. Johnnie Ray a consulté un avocat spécialiste des procès en diffamation. Il poursuit le magazine en justice. Je sais que vous avez vérifié la véracité de l'incident, mais il ne renonce pas pour autant. Je vous conseille fermement d'étouffer cette affaire dans l'œuf.

Pugilat de pissotière : Johnnie l'agité rend coup pour coup !

J'ai vérifié l'anecdote. *Confidentiel* en a rendu compte. Une tuile pareille ne nous est jamais arrivée.

– Mes Marines sont en manœuvre, Arthur. Il n'y a personne pour régler le problème.

– Réglez-le *vous-même*, Freddy. Arrangez ça avant que cette histoire ne parvienne aux oreilles de Bob Harrison.

Je raccroche. Mes nerfs sont niqués. J'avale en vitesse trois gorgées d'Old Crow. Joi est intime avec Johnnie. Ils échangent régulièrement des confidences de filles. Moi, je l'aime bien, Johnnie. Jimmy a organisé spécialement pour lui une projection privée de son film *La Bien-Roulée et le Bien-Monté*.

J'avale trois Nembutal et je tire le rideau pour la journée. Je me réveille à minuit.

Johnnie va toujours boire un verre chez Googie après son dernier set. Il se gare toujours au même endroit.

Une petite promenade de printemps, dans la chaleur et le vent. Arrivé sur les lieux, je m'appuie contre la Packard Caribbean de Johnnie Ray. Johnnie sort à 1 heure et quart en tortillant du prosinard.

Il me voit. Il pige pourquoi je suis là. Il me dit :

– Salut, Freddy.

– Ne cherche pas à me baiser, petit. Je t'épargnerai à l'avenir, mais il faut que tu arrêtes ton cirque tout de suite.

Johnnie réplique :

– Tu n'es qu'un parasite, Freddy. Tu te nourris sur le dos des faibles. Je ne vais rien lâcher. Je ne vois aucun de tes sbires à tes côtés, alors il va falloir que tu donnes de ta personne.

Parasite, parasite, parasite –

– Laisse tomber, Johnnie. Tu ne gagneras pas sur ce coup-là.

– C'est *toi*, le faible, Freddy. Joi m'a dit que tu appelles ta mère dans ton sommeil.

Je tremble.

– Dernier avertissement. Pas de procès.

– Tu es un fifils à sa maman, Freddy. Joi m'a appris que tu avais sauté un transsexuel, ce qui fait que tu es plus pédé que moi.

Je vois rouge et noir-rouge. Je le frappe. Ma chevalière lui lacère la joue. Il tombe à genoux. Je le relève et le jette dans sa voiture. J'entends des os craquer et des dents céder. Le bord du pare-chocs lui a labouré le front à la limite des cheveux. Je lui balance un coup de pied et lui arrache une poignée de cheveux. Il me dit :

– Ça va, ça va, ça va !

Il ne pleurniche pas – il est fort.

Je lui dis :

– Je regrette, mon petit.

Johnnie crache du sang. Il me brandit son majeur sous le nez, pour me signifier : *va te faire foutre.*

9

Il est 2 heures du matin, le calme règne dans le magasin. Jimmy et moi, on picole de l'Old Crow. Je suis aspergé de taches de sang – le sang de Johnnie Ray. Jimmy m'annonce :

– Je suis pressenti pour le premier rôle dans *À l'est d'Éden*. Elia Kazan est encore évasif. Ça peut se concrétiser ou pas.

– Kazan, je vais lui forcer la main. Il est vulnérable. Il y a encore une poignée de Cocos qu'il n'a pas caftés à la Commission des activités antiaméricaines.

Jimmy s'approche du miroir sans tain et me désigne le rez-de-chaussée, en contrebas. Je ressens des douleurs dans les mains. Ma chevalière a perdu quelques-uns de ses brillants.

– Le gamin est en bas, Freddy. Tu sais, celui qui livre avec un chariot.

Je me lève pour venir voir. Le môme décharge des magazines. Le chariot est disposé en biais. Les mots RED RYDER sont peints sur le flanc.

– Jimmy, tu sais pourquoi tu es un marginal ?

– Je ne sais pas, Freddy. Et toi, tu sais pourquoi tu en es un ?

Je lui réponds :

– Non, je n'en sais rien.

10

Je suis perché au purgatoire. J'ai purgé la partie la plus pervertie de mon infernal feuilleton. Mes synapses roussissent, séditieusement synchrones avec ceux de James Ellroy. Ce fut une collaboration carcinogène. On s'est chamaillés sur les choix de ponctuation, sur le recours ou le non-recours à d'alléchantes allitérations. Ellroy a *enfin* fourgué sa série télé spéciale Otash à une chaîne câblée. Il va devenir *encore* plus riche et plus célèbre. A-t-il passé un pacte avec le Prince des Ténèbres ? Mon sincère espoir de gagner le paradis a-t-il fait *pfffuit* ?

Je crois bien que oui.

Mes cerbères m'ont assigné à leur tribunal bidon. Mon transfert au paradis a reçu le sceau *en souffrance.*

Je touche le fond de la déprime. Ils m'ont repris mon corps d'autrefois. Je suis perpétuellement âgé de soixante-dix ans et *mort* pour l'éternité.

J'ai le cul en compote. Il y a une heure, Johnnie Ray m'y a planté sa fourche chauffée à blanc. Kate Hepburn est passée juste après. Mais, chérie, c'est pourtant vrai que tu t'es tapé Rex le Rottweiler – tout ce que je voulais, c'était dix mille dollars pour les photos !

Aaaaaah – j'ai des brûlures au troisième degré !

J'ai imploré le supérieur des cerbères de me décerner un laissez-passer d'une journée pour le paradis. Une visite conjugale à Liz Taylor me remettrait sur mes pattes. D'autres pernicieux souvenirs se bousculent dans mon crâne. Je bourrine Barbara Bates et je saute Simone Signoret. C'est le genre de truc qui ferait bander ce branleur d'Ellroy.

Mais il est *où*, Ellroy, quand j'ai *vraiment* besoin de lui ? Putain – Ce que j'ai mal au cul !

Mon cerbère en chef vient de m'informer : pas de laissez-passer d'une journée pour le paradis. Prix de consolation : j'ai droit à soixante minutes dans ma cellule avec un de mes « anciens béguins » terrestres.

Je passe un somptueux survêtement, je m'asperge d'eau de toilette *Tigre de Tasmanie*. J'élabore une brochette de bons mots bidonnants – L.A. dans les années 50, *la fête du calcif !*

Une femme de grande taille apparaît derrière les barreaux. *Oh, oh !* – une blonde blasphématrice divinement désirable ! Elle s'approche. Elle s'annonce sublime et me semble fatidiquement familière. Elle porte un uniforme bleu d'hôtesse de l'air, coiffe comprise. Elle sourit. *Mais pourquoi cette bosse sous sa jupe ?* Bon Dieu de bordel de bique et bouc ! – c'est Barb Bonvillain, *avant* son changement de sexe !

Je hulule et je stridule.

J'ai envie de fuir et je fais dans mon froc.

J'appelle mes cerbères à la rescousse.

Est-ce qu'on m'envoie déjà en enfer ? Mes souvenirs ont-ils donné envie au Prince des Ténèbres de m'avoir près de lui ?

Barb est à la porte de ma cellule, à présent. C'est elle, le châtiment qui m'échoit, selon mon karma. On finit toujours par récolter les saloperies qu'on a semées. Ce qui est sûr, c'est que je l'apprends au tout dernier moment.

Perfidia

(extrait)

DUDLEY SMITH

4

*Los Angeles
Samedi 6 décembre 1941
14 h 16*

Séance d'identification : cinq hommes soupçonnés de viol, quatre victimes, une glace sans tain pour les séparer. Une salle imposante, rationnelle, dépouillée. Une estrade surélevée et des lignes sur le mur pour matérialiser la taille des suspects.

Des sièges pour les témoins oculaires. Des cendriers sur pied, placés aux endroits stratégiques. Une affiche déconcertante punaisée sur un mur :

Un drapeau, un aigle assoiffé, une incitation à acheter des bons de la défense nationale. *On n'est pas encore entrés dans cette bagarre inspirée par les Juifs – ce volatile qui glapit semble prématuré.*

Mike Breuning annonce :

— Les femmes violées sont dans la pièce voisine. Elles se disent, sans exception, capables d'identifier le type, ce qui est une chance pour nous. Les gars qu'elles vont voir se trouvent dans les coulisses. Ils sont tous flics dans la police militaire du bataillon de Camp Arthur, et ils ressemblent au signalement du suspect.

Dick Carlisle fait craquer ses phalanges. Pour les interrogatoires, c'est un adepte convaincu du tuyau d'arrosage en caoutchouc. Elmer Jackson feuillette son calepin. Il suit cette série de viols depuis le début.

Dudley le regarde lire. Les viols pouvaient être liés au braquage du drugstore de ce matin. Mais le pharmacien japonais a raison : les fibres de vêtement trouvées sur le présentoir à livres n'indiquent pas forcément la présence du violeur au drugstore. Imaginer que les deux crimes ont le même auteur ne mène à rien. C'est ce qu'il a dit à Appelez-Moi-Jack. Et Appelez-Moi-Jack a prononcé ces fortes paroles :

— Enquêtez là-dessus, Dud.

Elmer mâche son cigare et scrute son calepin. *Tu es un type brillant – mais pas assez circonspect. Je sais que tu cornaques maintenant des prostituées avec Brenda Allen. Ann Forst va partir à Tehachapi, et Brenda a hérité de son cheptel de filles. Mes gars et moi, on a mis sur écoute les lignes de la brigade des mœurs. Tu ne sais donc pas ce que recèlent les couloirs sombres et les cagibis de l'hôtel de ville ?*

Dick Carlisle tape du pied. Mike Breuning se tient prêt à recevoir des ordres. C'est un colosse teuton qui déteste les Juifs et les Cocos.

Elmer dit :

– Ça me revient. On a eu quatre agressions. Les victimes ont toutes décrit le violeur de la même façon : blond, taille moyenne, vingt-cinq ans environ. Nos gars correspondent à ce signalement, et ils étaient tous en permission de vingt-quatre heures quand les agressions ont eu lieu. Par-dessus le marché, ils ont tous été inculpés pour des faits de violence sur des femmes avant leur incorporation. Comme mode opératoire, on a ceci : chacune des quatre victimes se promène seule dans les quartiers ouest de L.A. Le violeur les enlève, les bâillonne, et les emmène dans un terrain vague voisin, différent à chaque fois. Et c'est là que ça devient dingue : le violeur les frappe à deux reprises, enfile une capote, et il hurle de douleur tout le temps qu'il les saute.

Dudley sourit. Mike Breuning se penche tout près de lui. Dudley lui entoure les épaules de son bras.

– Appelle l'infirmerie de Camp Arthur, mon grand. Procure-toi les noms de tous les soldats soignés pour la syphilis et la chaude-pisse au cours des six derniers mois, que ce soit dans le bataillon de la police militaire ou dans l'ensemble du camp. Ensuite, tu établis deux listes séparées et tu me rends ça dans une demi-heure.

Mike Breuning décampe. Elmer demande :
– Qu'est-ce qu'il y a, patron ?
– Une intuition et une hypothèse, mon gars. Supposons que le brassard de la police militaire soit une ruse pour fausser l'identification du suspect. Supposons qu'il ait une rancune tenace contre une femme qui l'a plombé il y a longtemps. Supposons que ce soit un type malin armé de connaissances scientifiques. Il sait que dans un assez grand nombre d'affaires de viol, on peut déterminer

un groupe sanguin à partir d'une goutte de pus ou de sperme. Supposons que pour une raison odieusement insondable, il désire que ces viols lui infligent une douleur physique.

Elmer lâche :

– Hein ?

Puis :

– Ah, ouais, je comprends.

Dot Rothstein fait entrer les victimes. Dot est une infirmière attachée aux services du shérif et une lesbienne hommasse à la carrure imposante. Sa coiffure – plate sur le dessus du crâne, en queue de canard sur la nuque – est des plus seyantes. Elle mesure 1 mètre 85 et pèse 110 kilos. En sa présence, les flics de sexe masculin gardent leurs distances et se redressent de toute leur hauteur.

Les quatre victimes ont la même allure : minces, intellos à lunettes. Elles portent des robes longues et des gants comme si l'identification était un thé mondain. Dick Carlisle leur distribue des cigarettes et leur présente la flamme de son briquet.

La salle s'enfume. Les quatre femmes examinent l'estrade et font la grimace. Les cigarettes se révèlent de précieux accessoires.

Grâce à elles, leurs mains ne restent pas inactives.

La maîtresse femme Dot Rothstein s'éclipse. Dudley déclare :

— Vous êtes toutes les quatre des femmes remarquablement courageuses pour accepter de subir cette épreuve, et nous allons donc faire de notre mieux pour qu'elle soit aussi brève que possible. Cinq hommes vont entrer et prendre place sur cette estrade, sous les numéros un à cinq peints sur le mur. Vous les verrez, mais eux ne pourront pas vous voir. Si vous reconnaissez l'homme qui vous a agressées de cette manière abjecte, je vous prie de m'en informer.

Ces dames en ont la gorge serrée. Elmer actionne un interrupteur mural. Cinq militaires montent sur l'estrade et font face à la salle. Ils portent l'uniforme kaki et un brassard rouge. Ils ressemblent au signalement du violeur.

Deux des quatre femmes plissent les paupières. La troisième laisse échapper quelques larmes. La dernière soulève ses lunettes. Elles scrutent l'estrade. L'instant s'éternise. Elles secouent toutes la tête en signe de dénégation.

Elmer manipule l'interrupteur mural. Les militaires quittent l'estrade l'un derrière l'autre, de la gauche vers la droite. Les femmes se rassemblent autour d'un cendrier pour éteindre leurs cigarettes.

La première dit :

— Aucun d'eux ne lui ressemblait.

La deuxième se frotte les yeux.

— Lui, il avait l'air beaucoup plus cruel.

La troisième hoche la tête. La dernière ajoute :

— Il avait un regard mauvais.

Dudley leur sourit. Dudley leur touche le bras. Cela signifie : *c'est fini, c'est fini.*

Mike Breuning ouvre la porte de la salle. Il a le souffle court. Sa chemise est trempée. Il agite une bande de papier photo où figure une série de portraits anthropométriques. Dudley le rejoint. Mike Breuning se penche vers lui dans l'encadrement de la porte.

— J'ai trouvé un cas. Le type est caporal-chef dans la police militaire, et il correspond au signalement. Il était en permission de vingt-quatre heures à la date de chacune des agressions, et il s'est fait soigner pour sa syphilis *après* le dernier viol. Son capitaine m'a appris qu'on l'avait soupçonné d'une série de viols à Seattle, mais que l'armée l'avait accepté quand même. Il est en permission en ce moment. C'est un fou des champs de courses, et il y a une réunion équestre à Santa Monica aujourd'hui. J'ai le numéro d'immatriculation de sa voiture.

Dudley s'empare de la bande de photos. *Aha !* Jerome Joseph Pavlik. Jeune, blond, syphilitique et l'air *mauvais*.

Deux des femmes se rapprochent. Dudley leur montre la série de portraits. Les deux victimes l'examinent.

La première pousse un cri. L'autre se met à pleurer.

Dudley sort de sa poche deux breloques en forme de trèfle. Elles sont en or quatorze carats. Il les achète en gros à un Juif de Boyle Heights.

Il fait signe aux deux femmes de s'approcher. Il pose une breloque au creux de leur main.

– Je vais régler ça.

14 h 46

Le départ de la dernière course a lieu à 15 h 30. L'hippodrome de Santa Anita est adjacent à l'Arroyo Seco Parkway[1]. Il ne faut pas traîner.

Ils traversent au pas de course le garage de l'hôtel de ville. Mike Breuning possède une Ford 40 dont le V8 pète le feu. Ils s'y enfournent et démarrent à fond. Mike est au volant. Dudley est assis à côté de lui. Dick Carlisle est à l'arrière, avec trois fusils à canon scié. Fabriqués sur commande : canon double de calibre 10 pour la chasse à l'ours, et chevrotine triple zéro.

Ils s'engagent dans Spring Street et traversent Chinatown. Ils doublent un camion de fruits et atteignent la voie rapide.

Mike Breuning écrase l'accélérateur. L'aiguille du compteur bondit jusqu'à 140. Dudley fume et regarde par la fenêtre. Il voit un accident sur la voie qui mène vers le sud.

Traces de freinage, fusées éclairantes,

---

[1]. Autoroute bordée d'espaces verts et à terre plein central arboré.

collision : un camion-plateau de la Marine et une Cadillac de nègres. Il pense tout à coup à Whiskey Bill Parker. Il a des renseignements compromettants sur ce rigoriste imbibé.

Vous n'auriez pas dû céder à la tentation d'épouser une femme si jeune. Vous pensiez que vos écarts de conduite échapperaient à ma vigilance ?

Whiskey Bill s'est remarié. Sa seconde union est manifestement plan-plan. Pour sa part, Dudley a épousé une Irlandaise avec laquelle il a eu quatre filles. Il a une cinquième fille, clandestine, à Boston. Elle a dix-sept ans, à présent. Ils échangent fréquemment des lettres et des appels téléphoniques.

Elle s'appelle Beth Hearn, cette enfant naturelle qu'il a eue avec une femme mariée prénommée Phoebe. Une femme très convenable qui a eu d'autres filles avec son mari.

Toutes les filles Hearn ressemblent à Phoebe, leur mère. Ce qui masque chez Beth l'apport du sang paternel. Phoebe est plus âgée que Dudley. Il avait dix-neuf ans quand ils ont conçu cette enfant ensemble. Lui, il était conscrit, mal dégrossi, et irlandais. Joe

Kennedy vivait à Boston. Il était outrageusement riche et faisait des dons en argent aux causes irlandaises. C'est Joe qui a financé la naturalisation de Dudley. Pour Dud, le prix à payer, c'était de lui servir d'homme de main.

Beth sait que Dudley est son père. Elle l'aime et elle tient beaucoup à cette idée que son papa est un dur qui gagne sa vie comme flic. Il vient de lui envoyer un billet d'avion. Elle a envie de voir Los Angeles à Noël.

La dernière lettre que Dudley a reçue d'elle l'inquiète beaucoup. Elle y fait allusion à « une chose horrible ». Beth a un copain aveugle nommé Tommy Mullroy. Il devrait appeler Tommy et lui poser des questions sur cette chose horrible.

La famille.

Les hommes intrépides ont besoin d'elle. Les contraintes sont minimes, les promesses sont risibles, les joies sont intenses. La famille est une attache nécessaire. Sans elle, le chien enragé qui est en Dudley deviendrait fou furieux. Whiskey Bill, lui, n'a pas d'enfant. Il n'a pas de famille pour l'amadouer et le retenir. Il se rue sans retenue dans sa folie puritaine.

Famille. Patriarcat.

Dudley a recruté un clan d'Arméniens. Ils vendent de la drogue aux bronzés et caftent les méfaits commis à Nègreville. À l'origine, c'est Jim Davis qui a couvert ce système. La pratique continue sous le règne d'Appelez-Moi-Jack. Les deux directeurs ont bien compris son objectif : calmer les énergumènes et empêcher les débordements. Leur vie d'hommes mariés et infidèles les rend lucides.

Dudley méprise autant que Parker le dénommé Jim Davis. Whiskey Bill a de la haine pour ce corrompu sans complexe. Dudley, pour sa part, méprise son manque de maturité et son ostentation. Davis incarne l'art de vivre de façon voyante plutôt que dans la discrétion.

La voie rapide est pratiquement déserte. Mike Breuning prend les virages à 120. Le compteur grimpe à 150 dans les lignes droites.

Dudley regarde sa montre. Il est 14 h 54. Le départ de l'avant-dernière course est à 15 heures. La plupart des habitués quittent le champ de courses avant la dernière.

Lincoln Heights défile à toute vitesse. On tourne un western sur les collines. On entrevoit une fusillade l'espace d'un instant. Un groupe de cow-boys échange des coups de feu avec des Mexicains sans papiers déguisés en Apaches. Dudley reconnaît un homme vêtu d'un pagne. C'est un bookmaker des bas-quartiers trois fois condamné et qui sort de San Quentin.

Dudley travaille pour la Columbia, à temps partiel. Il tenait pour Harry Cohn le rôle du garant de la moralité. Les stars de cinéma sont intrinsèquement indisciplinées. Les führers des studios les contrôlent en leur prescrivant des codes de conduite contraignants. Ces codes imposent des règles de vie puritaines. Violer ces règles constitue une rupture de contrat. Dudley a épinglé des stars de cinéma homosexuelles et des stars de cinéma infidèles. Il a épinglé une foule d'alcooliques et de drogués. Il a des légions de grooms, de voituriers et de prostituées qu'il soudoie pour récolter des indiscrétions. Il constitue peu à peu l'album de référence des dessous de Hollywood.

Bette Davis va adorer ses instantanés pris sur le vif. Elle sera au Shrine Auditorium vendredi soir. Le quotidien *The Examiner* y donnera sa fête de Noël destinée à ses vendeurs à la criée. Dudley sera présent, pour provoquer une rencontre *fortuite*.

Des Mexicains sans papiers labourent la terre au-dessus du site du tournage. C'est sans doute Carlos Madrano qui a fourni la main-d'œuvre. Carlos : El Capitan, de la police nationale du Mexique. Un copain d'Appelez-Moi-Jack et de Davis-Deux-Flingues. Carlos a appris à Davis comment arracher une cigarette de la bouche d'un flic en tirant une balle de revolver. Trois policiers mexicains ont perdu la vie dans l'opération. Carlos partage l'antipathie de Dudley pour les Rouges, les Britanniques et les Juifs. Carlos voit les Japonais comme les cousins mal élevés du *Führer*.

Dudley regarde la série de portraits anthropométriques. Le violeur ressemble à Lee Blanchard, en moins grand. Ah, Leland. *Tu penses toujours à ce qui s'est passé à Coney Island le 12 novembre ? Tu rêves d'intégrer mon équipe, mais as-tu les ressources nécessaires pour accomplir le travail demandé ?*

Benny Siegel voulait la peau d'Abe Reles. Des syndicalistes juifs ont soudoyé les flics du NYPD qui gardaient Reles au Half Moon Hotel. Ceux-ci ont laissé quelques portes ouvertes. Ils ont drogué la nourriture de Reles. Le boulot a été vite fait, par deux hommes seulement. C'est Blanchard qui a confectionné la corde censée aider Reles à s'évader – un euphémisme, c'était la corde pour le pendre. Mais c'est Dudley qui a hissé le corps.

Le *New York Daily News* a bien résumé l'événement : « Chute mortelle du Canari ! Il savait chanter, mais il ne savait pas voler ! »

Le retour en train a été pénible. Blanchard n'a pas dessoûlé de tout le voyage, virant même pleurnichard. Il est retourné travailler pour Benny Siegel. Benny a racheté son contrat de boxeur professionnel et conseillé à Lee d'accepter quelques combats de plus et de se coucher par prudence. Lee a refusé, Lee avait une dette envers Benny, Lee s'est montré imprudent dans l'affaire du braquage de la banque Boulevard-Citizens. Benny avait un compte à la Boulevard-Citizens et jouait au golf avec le Président. Cette combine s'est soldée par une immense pagaille.

Benny va bientôt sortir de prison. Tu lui as rendu service en le débarrassant de Reles, mon gars. Benny pourrait bien décréter qu'il a encore besoin de tes services.

Mike Breuning quitte la voie rapide. Il est 15 h 01. Dick Carlisle charge les fusils avec des munitions pour gros gibier. Les trois hommes ralentissent et traversent les quartiers sud de Pasadena. Ils atteignent Arcadia et Pasadena en deux minutes pile.

Les monts San Gabriel se profilent derrière l'hippodrome. La ligne de crête fait ressortir la tribune et le pavillon. Le parking est aux trois quarts vide. Les haut-parleurs annoncent que la tête de la course aborde la dernière ligne droite.

Mike Breuning rétrograde et parcourt au pas les rangées de voitures. Dudley et Dick Carlisle déchiffrent les plaques d'immatriculation. Des acclamations couvrent le bruit des haut-parleurs. Les mordus de courses hippiques sortent du pavillon pour regagner leurs voitures.

Dick Carlisle annonce :
– Là !

Ah, oui ! – Une berline Oldsmobile 36. Vert foncé, antenne fouet, California ADL-642.

Mike Breuning s'engouffre dans un emplacement libre et laisse le moteur tourner au ralenti. Dudley fume cigarette sur cigarette. La foule se disperse entre les rangées de voitures. Un homme et deux femmes se détachent de la masse. *Aha !* – Jerome Joseph Pavlik et une paire de prostituées de Chinatown.

Dick Carlisle commente :
– Des putes de la mafia chinoise.

Mike Breuning précise :
– Elles sont protégées par les Quatre Familles. Le Chinetoque en chef joue au mah-jong avec Appelez-Moi-Jack.

Ils paraissent éméchés. Le violeur porte un uniforme défraîchi. Les putains ont sur le dos un manteau de fourrure mangé aux mites.

Ils montent tous les trois dans l'Oldsmobile.

– Suis-les, dit Dudley.

Ils sortent du parking en dérapage contrôlé. Mike Breuning les suit de près. Ils sont bourrés, ils ne vont rien remarquer, colle-leur colle au train – *carrément*.

C'est un convoi de deux véhicules qui emprunte les rues résidentielles, Fair Oaks

Boulevard, puis la voie rapide, en direction du sud.

L'Oldsmobile chasse de l'arrière et serpente. Mike Breuning lève le pied. Une Packard s'intercale. L'antenne-fouet reste en vue.

Dick Carlisle enveloppe les fusils dans des couvertures. Mike Breuning dit :
– Bon voyage, chéri.

L'Oldsmobile quitte la voie rapide à Alameda, en direction du sud. *Aha !* – voilà Chinatown. La pagode de Kwan – tout près.

L'Oldsmobile heurte le trottoir et s'arrête après une embardée. Les prostituées retrouvent l'usage de leurs jambes et en sortent en trébuchant. Elles coincent des liasses de billets dans leur porte-jarretelles et envoient des baisers au violeur en guise d'au-revoir. D'une démarche mal assurée, elles s'éloignent dans une ruelle, derrière une gargote chinoise.

Dick Carlisle distribue les fusils. Jerome Joseph Pavlik descend de sa voiture et scrute les alentours, l'air hébété. Il repère un terrain vague, à l'angle opposé de l'intersection. Il est envahi par les palmiers et les hautes herbes. Il s'enfonce en titubant jusqu'au milieu de la parcelle et sort sa queue. Il commence à pisser sans fin, comme pour battre un record du monde.

Dudley annonce :

— Maintenant, les gars.

La rue est calme. Personne à l'horizon. Les trois hommes se dirigent tout droit vers le terrain vague. La terre battue ne garde pas trace de leurs pas. Le violeur oscille sur ses jambes et arrose l'herbe.

Ils s'approchent de lui derrière son dos. Il n'entend rien. Dudley dit :

— Ces femmes ne seront plus jamais comme avant, maintenant. Mais on va faire ce qu'il faut pour qu'elles soient tranquilles.

Le type commence à se retourner, à demander :

— De quoi… ?

Six détentes claquent. Le violeur explose. Des morceaux de chair et des éclats d'os font tomber des branches. Les lunettes de Dick Carlisle sont constellées de sang.

Le bruit, c'est une déflagration suivie d'échos de chevrotine frappant du bois. Les cloches d'église sonnant 15 h 30 ont retenti en même temps.

15 h 31

La pagode est flanquée de dragons aux yeux globuleux. La nuit, leurs langues s'allument et s'agitent de droite à gauche. Le patron du Hop Sing Tong, c'est Oncle Ace Kwan. Sa gargote a pour clients des Blancs près de leurs sous et des Chinetoques aux papilles gustatives occidentales. Les flics de L.A. y dînent gratis.

Dudley traverse le restaurant. Il reconnaît le maire, Bowron, et le district attorney McPherson, le nez plongé dans leurs nouilles sautées ; Fretch B., animateur infatigable de manifestations promotionnelles et crétin parfait ; Nègreville Bill, gros consommateur de neuroleptiques et notoirement amateur de bois d'ébène. Il fréquente la Casbah de Minnie Roberts où il se paye deux coquettes Congolaises en même temps.

Une porte encastrée mène au sous-sol. Dudley la franchit à reculons et descend l'escalier. Il exerce une pression sur un panneau mural. Le panneau coulisse. Aussitôt des émanations le prennent à la gorge.

Une fumerie d'opium. Lumière pauvre, une vingtaine de couchettes sur le sol. Des cuvettes d'eau, des tasses et des louches. Des Chinois décharnés en sous-vêtements, qui tètent leur pipe.

Dudley compte les fumeurs. *Aaaah*, seize camés dans les vapes. Deux chefs militaires Hop Sing et un gamin de la MGM, partis au pays des rêves.

Et un grand bonhomme, bouleversant dans *Capitaines courageux*.

Dudley referme le panneau. Le sous-sol recèle des labyrinthes sous la *Wolfsschanze*[1]. Des murs en ciment, des moisissures, des portes en fer forgé. Le bureau d'Ace Kwan – un bunker.

Dudley frappe et entre. Oncle Ace est accroupi sur le coffre-fort posé au sol. Il a soixante-six ans et il est d'une maigreur de phtisique. Il porte un bonnet de Père Noël. Il amalgame l'atroce et l'ambiance des fêtes.

– Alors, quoi de neuf, Dudster ?
– Une situation délicate, mon frère jaune.
– Comment se fait-il ?
– Il y a un cadavre de Blanc dans le terrain vague, de l'autre côté de la rue. Vos hommes

---

1. La tanière du loup.

devraient le recouvrir de chaux vive et poster un vigile le temps que la terre l'absorbe.

Ace s'assied et croise les jambes. Il est célèbre pour son agilité. C'est l'une des particularités des barbares.

– La dernière fois que ce type a été vu, il était en compagnie de deux prostituées Tong.

– Hop Sing ?

– Les Quatre Familles. Vous pourriez juger utile de faire disparaître aussi sa berline verte. Je ne voudrais pas que des histoires de Blancs aussi banales irritent votre clientèle.

Ace s'incline.

– Les membres des Quatre Familles se sont comportés de façon grossière envers ma nièce préférée. Ils ont eu le mauvais goût de faire une chose pareille.

– Souhaitez-vous que je réprimande les individus concernés ? Je tiens absolument à empêcher une nouvelle querelle.

Ace se lève.

– Non. Mais mon frère irlandais m'honore en me faisant cette proposition.

Dudley s'incline. Ace désigne une porte latérale en lui faisant signe – *faites comme chez vous*. Dudley ouvre la porte. Ace disparaît quelque part. Ces Chinetoques savent vivre.

Sa chambre secrète. La couchette, la cuvette, la louche. La pâte de résine étalée sur une soucoupe.

Dudley suspend sa veste et son étui d'aisselle à une patère. Il tapote le butoir de porte en forme de dragon de jade. La couchette est conçue pour un homme de haute taille. Dudley garnit la pipe et l'allume.

La combustion commence, la chaleur l'atteint, la fumée s'engouffre en lui. Ses épaules s'affaissent. Ses poumons jouent les montgolfières. Ses membres n'existent plus.

Les volutes, à présent. On ne sait jamais ce qu'on va voir.

Oui – là :

Dublin. Grafton Street, en 1921 ou 22. Des Black-and-tans[1] armés de fusils qui tirent des balles en caoutchouc. Ils visent les reins. Ça le fait encore souffrir quand il se baisse.

Un meeting. L'indépendantiste Patrick Pearse à pleins poumons :

---

1. Recrues venues d'Angleterre aider la police royale irlandaise à combattre les républicains.

— Irlandais, Irlandaises — au nom de notre Seigneur et des générations passées qui ont fait d'elle une nation, l'Irlande, par notre voix, ordonne à ses enfants de se rallier à son drapeau et de se battre pour sa liberté.

Un presbytère. Une cache d'armes dans la chambre d'un prêtre. Une crosse de fusil lui atterrit dans les mains. Il est dans la rue, maintenant. Il ajuste sa ligne de mire. Le visage d'un soldat anglais explose.

Le voilà dans Sackville Street. Le choc du recul de l'arme s'estompe. Il pille une boutique appartenant à un protestant. Patrick Pears lui ébouriffe les cheveux.

— À présent, elle passe à l'action, soutenue par ses enfants exilés en Amérique.

Joe Kennedy sourit. Il a des sacoches remplies d'argent liquide. Il est accueilli par les hommes de l'armée des citoyens irlandais. Les Black-and-tans assassinent Patrick Pearse. On forme un peloton d'exécution. On lui épingle une cible sur la poitrine.

Joe Kennedy dit à Dudley :

— Tu es un garçon intelligent. Tu devrais venir en Amérique. La prohibition, c'est la permission de voler. Tu pourrais transporter de la gnôle pour moi.

Le voici au Canada, sur le lac Érié, à bord d'un chaland au mouillage. Il tient une mitraillette. Le pont est recouvert de caisses de whiskey.

Boston. Une maison immense. Une bonne yankee lui jette un regard noir. Il promène le petit Jack, qui a six ans.

Joe Kennedy lui dit :

– Dud, ce banquier suisse m'a baisé sur une affaire. Occupe-toi de lui, tu veux bien ?

Ses membres n'existent plus. La résine se consume toujours. Il sait à quel moment ranimer la flamme. Le temps qui passe est une salle de projection. Il fait défiler des images à travers des yeux qui se trouvent à l'arrière du crâne.

Il a trop cogné sur le Juif. Il n'aurait pas dû le tuer. Joe Kennedy est en rogne.

– Ton avenir est à Los Angeles, mon garçon. Je peux te faire entrer dans la police. Tu pourras baiser des vedettes de cinéma et semer la pagaille.

Il se tient droit, tout fier dans son uniforme aux plis impeccables. Il frappe un voleur de sac à main à coups d'annuaire téléphonique. Jack Horrall porte un toast en son honneur à la table de l'archevêque Cantwell. Il est dans le bureau de Harry Cohn. Harry tapote un buste de Benito Mussolini. Il est devant une maison luxueuse de Bel Air, armé d'un appareil photo. À travers une fenêtre, il voit ce qui se passe à l'intérieur. Cary Grant participe à un 69 entre mâles.

Tu pourras baiser des vedettes de cinéma et semer la pagaille.

Photoplay, *Screenworld* – les pages de magazines défilent. Bette Davis – le rouge aux joues à cause de ce qu'*il* vient de lui dire.

Des pages en noir et blanc à colorier au Half Moon Hotel de Coney Island. Dudley hisse au bout d'une corde le corps d'Abe Reles, le *Canari*. Ne pleure pas, Lee Blanchard – c'est indigne d'un homme comme toi.

Le jeune Jack est enseigne de vaisseau, à présent. Il parle avec l'accent de Boston, comme son père.

– ... à la mi-décembre, Dud. Je pensais que tu pourrais me faire visiter L.A.

– Dans quel but, Jack ?

– Pour baiser des vedettes de cinéma et semer la pagaille.

Jack se met à chanter, en espagnol. Sa voix ne convient pas du tout à la mélodie. Le café

Trocadero s'orne d'une banderole : *Bienvenue à l'année 1938 !*

Dud est installé à une table en compagnie de Ben Siegel et du shérif Biscailuz. L'orchestre de Glenn Miller joue *Perfidia*. Bette Davis danse avec un jeune homme efféminé.

Une lumière s'immisce. Le projecteur a des hoquets. Le rideau se referme. Dudley sent de nouveau ses membres. Il voit sa veste et son arme à la patère.

Une Chinoise apparaît. Elle lui apporte l'apéritif : trois comprimés de benzédrine et du thé vert.

Dudley se relève. La pièce conserve une sorte de halo.

– Quelle heure est-il, s'il vous plaît ?
– Il est 16 h 42.

Perfidia se termine sur un couac. Bette Davis lui envoie un baiser.

8

*Los Angeles
Samedi 6 décembre 1941
22 h 56*

Lee Blanchard ronfle. Cela le contrarie. Ce garçon est en ménage avec une fille ravissante. Inexplicablement, il préfère dormir sur un canapé à l'hôtel de ville.

Les ronflements traversent les locaux de la Criminelle. À part ça, le calme règne dans la salle de garde. Pas de téléscripteurs, pas de sonneries de téléphone, pas d'affaire de meurtre alléchante. Deux flics en uniforme viennent de partir au Congo – le quartier noir. Un Noir nommé Jefferson a poignardé un autre Noir nommé Washington. C'est une femme noire du nom de Lincoln qui est à l'origine de l'incident. Dudley a décliné la corvée.

– Allez-y, les gars. Le Dudster vous accompagnera par la pensée dans un esprit de justice impartiale.

Blanchard ronfle. Dudley a un petit box pour lui tout seul. Le bruit se répercute. Jack Webb est planté près du télex. Il a un faible inconvenant pour les policiers.

Il est agréablement efficace quand il faut faire un saut à la Pagode Chinoise de Kwan pour rapporter des nouilles sautées.

Dudley écrit une lettre à Beth Hearn. « Consacre-toi plus rigoureusement à tes études, ma grande. Amène ton copain aveugle Tommy Mullroy avec toi quand tu viendras à la fin du mois. Je vais t'envoyer un second billet d'avion. Je veux te regarder lui décrire un film, avec ce talent magnifique que tu possèdes. »

Il ressent encore le coup de fouet de la benzédrine. En sortant de la Pagode, il est passé à pied à côté du terrain vague. Un type du Hop Sing montait la garde près de l'épandage de chaux vive et du violeur rongé de cloques. Dudley a appelé un fleuriste pour faire envoyer un bouquet à chacune des quatre victimes, en y joignant ses pensées respectueuses.

Blanchard ronfle. Il garde ses chaussures pour dormir. Cela érafle le canapé de façon abominable. Ce type est cocufié en permanence. Dudley ne met pas en doute cette rumeur qu'il tient d'Elmer Jackson, lequel la tenait de Brenda Allen à qui l'a confiée cette ravageuse de Kay.

Dudley prend un numéro du magazine *Screenworld*. Les pages sont fatiguées. Il a lu l'article sur Bette Davis quatorze milliards de fois. Le papier est déchiré, le visage de Bette Davis est taché d'encre.

Harry Cohn trouve Bette froide et séduisante. Elle refuse de quitter la Warner pour la Columbia. Harry lui a dit :

– Je ne comprends pas pourquoi, Dud. Elle doit être antisémite.

Dudley a répondu :

– Toutes les femmes qui ont du caractère le sont. Mais vous, les magnats du cinéma, vous n'êtes pas tous youpins ?

Harry a éclaté de rire. Harry est un Blanc à titre honoraire. Il aime beaucoup le copain du *Führer*, Benito Mussolini. Il dirige la Columbia d'une main de fer. Au studio, les avortements sont effectués par une femme, Ruth Mildred Cressmeyer. Ruthie possède une cave remplie d'esclaves sexuelles pour lesbiennes, en partenariat avec l'adjointe du shérif, Dot Rothstein. Ruthie a perdu son droit à exercer la médecine après un avortement raté sur une Noire – la maîtresse de Bill McPherson. Le fils de Ruthie, Huey, commet des braquages de temps en temps, il sniffe de la colle et assiste aux rassemblements du Bund, l'organisation germano-américaine pronazie. Huey sert d'indicateur à Dudley. Huey lui transmet tous les ragots de Hollywood que Ruthie répète sans discernement. De source sûre : il en sait long sur les appétits d'une certaine Bette Davis.

Son téléphone sonne. Le bouton rouge s'allume – le commissaire Jack Tierney.

Il décroche.

– Monsieur le commissaire ?

– J'ai besoin d'un service. C'est une tâche subalterne, mais Blanchard et vous êtes les deux seuls hommes que j'aie sous la main.

– Bien sûr, monsieur le commissaire.

– On nous signale un tapage nocturne dans Highland Park. Au numéro 2108, Avenue 45. Le commissariat du quartier est débordé, et le Central manque d'effectifs. La moitié de la garde de nuit travaille sur cet accident de la route avec un camion de l'armée, dans les quartiers ouest de L.A.

Dudley note l'adresse. Des parasites coupent la parole à Tierney. La Belle au bois dormant s'ébroue.

– Debout là-dedans ! On a du boulot.

Blanchard se frotte les yeux. Dudley lui sert un café froid. Blanchard bâille à s'en décrocher la mâchoire et fait *aaaaah*.

Il a dormi sans ôter sa veste. Il a besoin de se raser. Il est bougon et peu engageant.

Dudley saisit l'étui qui contient son arme. Il entraîne Blanchard à travers le bloc cellulaire et le voit se remettre les idées en place. Jack Webb leur adresse un signe qui veut dire *au revoir*. Ils se rendent au garage en ascenseur et prennent une voiture de patrouille. Ils s'engagent dans Spring Street, en direction du nord.

L'horloge du tableau de bord indique 23 h 41. Blanchard *bââââââille* et entrouvre son déflecteur.

– Benny sort bientôt.
– Oui, mon petit gars. Je le sais.
– Il va sans doute donner une fête.

— Il a échappé à la chambre à gaz. Ça s'arrose.

Blanchard allume une cigarette.

— S'il a échappé à la chambre à gaz, c'est grâce à nous.

— Ne m'oblige pas à te tirer les vers du nez, petit. Exprime-toi, va jusqu'au bout de ta pensée.

Blanchard frissonne. Il a tendance à se montrer nerveux. Les hommes se révèlent dans leur sommeil.

— Je revois encore son visage. Celui du Canari, je veux dire. Je fais des rêves, parfois.

Dudley baisse sa vitre. L'air froid annule l'effet de la benzédrine.

— Calme-toi, petit. Il vaudrait mieux que tu te tortures la conscience pour ceux qui méritent tes regrets.

Blanchard déglutit et jette sa cigarette. Dudley prend Broadway pour traverser Chinatown. Ils contournent la voie rapide et prennent Figueroa vers le nord. Un vieux souvenir : le cours secondaire Nightingale.

Printemps 1939. Un prédateur sexuel prend en otage une femme professeur de gymnastique. Le type la force à se déshabiller dans les douches. Dudley les rejoint sans être vu et fait sauter la cervelle de l'obsédé. Chaque année, à Noël, il envoie des fleurs à l'otage.

Ils traversent le quartier mexicain. Des couche-tard jouent aux dés devant les *cantinas*. Ils prennent une transversale pour rejoindre l'Avenue 45. Les *cholos* disparaissent. La rue est impeccable, blanche et propre.

Des maisons en bois, avec vue sur les espaces verts qui bordent la voie rapide, le paradis des conformistes. *Aaaaaah*, le tapage nocturne – un peu plus loin sur la droite.

La maison est éclairée à flots, la musique tonitruante, la terrasse entièrement occupée par des matafs et des auxiliaires féminines de la Marine. Un quartier-maître sert à la louche du punch que contient une soupière. Les auxiliaires féminines battent la mesure au rythme de la musique en agitant des drapeaux américains fixés au bout d'une baguette en bois.

Dudley gare la voiture. Blanchard en sort et s'étire. Quelqu'un dit :
– Les flics.
Quelqu'un éteint la musique.

Blanchard s'approche de la terrasse. Les festivités se figent. Blanchard dit *Chuuuut !* Des rires nerveux circulent.

Un marin dit :

– Je vous ai vu boxer contre ce nègre à Tijuana.

Blanchard incline la tête dans sa direction. Une auxiliaire lui tend un gobelet de punch. Blanchard le vide d'un trait et fait *ouuuuh !* Une cloche d'église sonne minuit quelque part.

Dudley sort de la voiture. L'écho de la cloche s'estompe. Il lui semble entendre quelque chose.

C'est un son aigu et plutôt faible. Ce n'est pas le bourdonnement de la voie rapide, ni le bruit de la rue venant de Figueroa, derrière eux.

Les autochtones sont sous le charme de Blanchard. L'auxiliaire féminine lui remplit son gobelet. Ce son aigu est presque strident. Cela ressemble à des violons qui se superposent.

Dudley repère la direction – la maison voisine, sur la droite. Il fait noir. C'est une construction en bois, sur deux niveaux, avec une terrasse couverte. Il sort sa lampe torche et s'en approche. Une silhouette traverse la terrasse.

Des coyotes – bien sûr.

Blanchard se dirige vers la voiture en zigzaguant. Dudley traverse la pelouse et braque le faisceau de sa lampe sur la terrasse. Les coyotes – quatre bêtes efflanquées – léchaient le seuil à ras de la porte.

La lumière de la torche les effraie. Ils se dispersent. Ils ont le museau et la langue rouge vif.

Dudley regarde sa montre. Il est 00 h 02. Blanchard le voit et vient le rejoindre. Dudley monte sur la terrasse.

Il braque sa lampe sur le bas de la porte. Évidemment – il y a du sang.

Qui suinte sous la porte. Du *sang* qui s'écoule et coagule.

Blanchard saute sur la terrasse. Son haleine empeste le rhum et le jus de fruit. Dudley dit *Chuuuut !* Blanchard suit des yeux le faisceau de la lampe et fait la grimace d'un type que la nausée surprend en état d'ébriété.

Dudley sort son .45.

– Enfonce la porte. Regarde bien où tu mets les pieds.

Blanchard vise un endroit faiblard vers le milieu du montant. Le premier choc fait sauter la serrure. La porte s'ouvre en grand vers l'intérieur. Une puanteur se répand au dehors : un mélange de sang et de chair en décomposition.

Le sang à l'état liquide s'est écoulé sous la porte. Il s'est solidifié à l'air libre. Le processus prend du temps.

— Tu vas entrer, mon gars. Rase le mur et trouve un interrupteur. Sors ton mouchoir. Fais attention à l'endroit où tu poses les pieds, et ne touche à rien.

En bon soldat, Bill se couvre le nez et entre dans la maison. Ce garçon est habile – il se colle au mur et avance en biais. Dudley retient son souffle. La pièce est plongée dans le noir absolu de minuit passé. Les chaussures de Blanchard raclent le plancher.

Lumière.

Un plafonnier, des ampoules claires, une lumière blanche qui tombe sur ceci :

Un tapis persan taché de sang, aux dimensions du salon. Saturé de sang, trempé de sang, submergé de sang. Le sang de quatre Orientaux morts. Une famille de barbares : le père, la mère, la fille, le fils.

Blanchard dit :
— Des Japs.
Ils sont étendus sur le dos. Ils sont éviscérés. Totalement étripés. Leurs intestins sortent de leur ventre et se répandent sur le sol. Ils sont l'un à côté de l'autre, tous les quatre : père, mère, fille, fils. On dirait qu'on les a *disposés* dans cet ordre. Près de chacun d'eux : un sabre couvert de sang.

Une longue lame courbe. Une poignée garnie de cuir épais. Des sabres achetés chez un antiquaire, des sabres appartenant à la tradition japonaise.

Mon Dieu... Cette puanteur. Mon Dieu... Ce SANG brun et coagulé.

Blanchard ressort en titubant. Dudley l'entend vomir. En frôlant le mur, il fait le tour de la pièce. Il examine les Japonais morts.

Le père : mince, la cinquantaine. Bronzé, mains calleuses — il travaillait en plein air. La mère : le même âge que son conjoint, dodue, au teint d'un jaune typiquement japonais. Le garçon : dans les vingt-deux ans, musclé, une coupe de cheveux de zazou mexicain. La fille : svelte, seize ans environ.

Tradition Jap : Seppuku, hara-kiri, suicide

rituel. Le déshonneur impose l'auto-annihilation.

Blanchard hésite sur le pas de la porte. Ses genoux tremblent. Dehors, une musique entraînante se fait entendre tout à coup. Un marin demande :

— Qu'est-ce qui pue comme ça ?

Dudley dit à Blanchard :

— Va chez les voisins et sers-toi de leur téléphone pour appeler le Central et le labo. Explique au commissaire Tierney ce qu'on a découvert, et laisse-le décider s'il faut prévenir ou non le directeur Horrall. Fais venir Ray Pinker, et dis-lui d'amener ce brillant jeune médecin, le Dr Ashida.

Blanchard parle à travers son mouchoir.

— Et si on faisait du porte-à-porte ? Vous savez, pour interroger les voisins ?

— Hors de propos, mon garçon. À mon avis, nous sommes en présence d'un suicide. Dis à Pinker d'appeler Nort Layman à la morgue. C'est un crack quand il s'agit de déterminer la cause d'un décès.

— Mais qui c'est, d'abord ? Vous les avez identifiés ?

Dudley s'accroupit sur le seuil.

– Ce ne sont pas des criminels au sens habituel. On n'*identifie* pas des barbares pris de folie qui se plient apparemment aux lois des Blancs civilisés. Interroge le propriétaire de la maison d'à côté. Détermine ce qu'il sait. Appelle la permanence de nuit aux archives. Demande l'identité du propriétaire de la maison et cherche à savoir depuis combien de temps les Japs l'occupaient, qu'ils l'aient louée ou achetée.

Blanchard déguerpit. Dudley sort son calepin et son stylo.

Il dessine le salon. Au jugé, il évalue les dimensions du plancher et celles du tapis gorgé de sang. Il note les dimensions approximatives du canapé et des deux fauteuils capitonnés. Du sang recouvre le bas des pieds des fauteuils, jusqu'à une hauteur qu'il estime à cinq centimètres.

Sur le mur : des portraits sépia de Japonais morts depuis longtemps et une carte encadrée du Japon. Le mobilier et le tapis sont de qualité. Des sauvages habitaient ici. Ils donnaient l'impression de vivre comme une famille saine d'esprit.

Dudley dessine les meubles et le tapis. La salle à manger est contiguë au salon. Dudley dessine l'arc de l'ouverture par laquelle on passe d'une pièce à l'autre, la table, les fenêtres et l'emplacement des sièges. Les rideaux sont fermés dans les deux pièces. Cela ressemble à une coutume japonaise – garder secret l'acte d'auto-annihilation.

Les flaques de sang s'arrêtent juste avant la salle à manger. Le tapis du salon a absorbé tout le sang.

Ils sont morts asphyxiés, la bouche grande ouverte. Leurs mâchoires sont restées bloquées dans cette position. Ils se sont étendus côte à côte juste avant de mourir.

Dudley tend le bras et plante son index dans le bras du père. Le bras ne bouge pas. La rigidité cadavérique s'est installée.

Il entre dans la cuisine. Elle est entièrement recouverte de carrelage blanc. Immaculée et bien rangée – elle a l'aspect d'une cuisine utilisée par une famille saine d'esprit. La vaisselle est empilée sur l'égouttoir, le réfrigérateur contient de la nourriture Jap. Des légumes, du riz, des spécialités savoureuses telles que de l'anguille et de l'encornet.

Dudley dessine la cuisine et la buanderie. La vie d'une famille saine d'esprit : une machine à laver, une corde à linge installée dans la pièce. Des bleus de travail et des T-shirts *humides* tenus par des pinces sur le fil. *Pourquoi faire la lessive le jour où on a l'intention de se donner la mort ?*

Dudley monte à l'étage et reste un moment sur le palier. Deux chambres sur la gauche, une sur la droite. Sur les murs, d'autres portraits pour honorer les ancêtres.

Il arpente le couloir. Il en évalue la longueur à douze mètres tout rond. Il entre dans la chambre de gauche la plus proche du palier. C'est certainement celle de la jeune fille. La décoration est purement Jap.

La petite dormait sur un tapis en bambou. Elle avait un bonsaï sur son bureau. Ses jouets en peluche ont les yeux bridés. Ses commodes sont remplies de kimonos et de vêtements occidentaux à sa taille.

La porte de communication entre les deux chambres est fermée par un cadenas. Dudley ressent des picotements au cuir chevelu. Il ressort de la chambre pour entrer dans celle d'à côté. Le gamin mort devait être du genre frondeur. Il avait adopté cette coiffure à la mexicaine. Sa sœur avait peut-être condamné la porte de communication pour qu'il la laisse tranquille.

Les portes de chambres donnant sur le couloir sont munies de serrures. Deux serrures, cela veut dire que la jeune fille pouvait s'*enfermer à clé*.

La chambre de son frère, celle d'un garçon frondeur ? Assurément.

Deux clubs de golf calés debout dans un angle. Un fanion du lycée Franklin au-dessus du lit. Des illustrés sur la commode – toutes leurs couvertures représentent des espions nazis.

Un broc près du lit. Il en monte une odeur d'urine.

Pas de salle de bains dans les chambres de la fille et du fils. Pas d'intimité possible dans pareille cohabitation.

Les picotements s'accentuent – Dudley sent que ça se réchauffe, à présent.

Il fouille le placard et la commode. Il trouve des vêtements d'homme parfaitement anodins, un pull aux couleurs du lycée Franklin orné de la lettre F, quatre costumes de zazou, des chaussures à crampons pour la course à pied, d'autres illustrés, deux couteaux à cran d'arrêt, des magazines remplis de photos de filles en petite tenue, et des suspensoirs rembourrés.

Il examine les suspensoirs. Picotements maximums – il *brûle*, maintenant.

Ce qui sert de rembourrage, ce sont des petits drapeaux japonais et des culottes de femme. Les culottes sont identiques à celles qu'il a trouvées dans la chambre de la petite sœur.

Il ne reste qu'une chambre à visiter : celle des parents.

Dudley s'en approche. Il examine d'abord la salle de bains. Oui – quatre brosses à dents dans un même gobelet. Une boîte de brillantine de zazou mexicain sur le rebord du lavabo.

Il entre dans la chambre. Bien sûr – une feuille de papier collée au mur.

Deux lignes. En caractères japonais. Le message d'adieu des suicidés.

La penderie est pleine à craquer. La maman ne portait que des kimonos. C'est elle qui avait un teint jaune pâle. Peut-être son mari l'empêchait-il de sortir, au nom de quelque code féodal. Le père ne portait que des bleus de travail et des tenues de seigneurs de la guerre japonais. Il était sans doute figurant dans des westerns Jap.

On a fait entrer de force une commode dans la penderie. Dudley ouvre le tiroir du haut. À l'intérieur : des liasses de yens japonais et de marks allemands. À côté des liasses : une petite brochure comme on en distribue dans la rue, intitulée *L'Oppresseur de Los Angeles*.

Dudley en parcourt les huit pages. C'est une polémique délirante. L'auteur anonyme s'en prend aux préjugés antijaponais. Il en rend responsables « les fa*KKK*tions KKKorrompues au sein de la machine politique de L.A. Leurs décisions sont dictées par des la*KKK*ais infiltrés dans la police de Los Angeles et les services du Bureau du shérif. » L'ancien maire, Frank Shaw, et le maire actuel, Fletch Bowron, sont fustigés. Même traitement pour le shérif Gene Biscailuz, l'ancien directeur de la police Jim Davis et l'a*KKK*tuel directeur Clemence B. « Jack » Horrall. L'auteur lance quelques piques contre les Juifs, les Britanniques et les Chinetoques. C'est un mélange de diffamation populiste et de cinéma burlesque à la Keystone Kops[1].

---

1. *The Keystone Cops* (ou *Kops*) : courts-métrages burlesques produits par Mack Sennett de 1912 à 1917.

Blanchard revient. Il tient son calepin et une bouteille de bière. Il a traversé le rez-de-chaussée sans regarder où il mettait les pieds. Ses chaussures sont constellées de caillots de sang.

– Le nom de la famille, c'est Watanabe. Le père s'appelait Ryoshi, sa femme Aya, et les enfants avaient pour prénoms Nancy et Johnny. La maison est au nom du père. Il possède des cultures maraîchères dans la vallée, comme tous les Japs qui ne vendent pas des babioles au porte-à-porte ou qui ne pratiquent pas la pêche en mer depuis San Pedro. Le voisin dit que c'étaient des Japs très corrects qui évitaient de fréquenter des Blancs et restaient entre eux, et apparemment, c'étaient les seuls Japs de Highland Park.

Dehors, des portières claquent. Dudley entre dans la chambre de Johnny et regarde par la fenêtre. Blanchard le suit. Deux voitures dont les passagers descendent : Jack Tierney, Ray Pinker, Nort Layman, le jeune docteur Ashida, l'inspecteur Thad Brown.

Ils courent vers la maison. Un puissant *Oh, merde !* retentit. Le charmant Lee Blanchard a oublié de fermer la porte.

Blanchard tripote les illustrés de Johnny. Il lâche un rot qui sent la bière et le punch.
Dudley lui confisque sa bouteille.
– Descends et envoie-moi le Jap. Et fissa, Leland !
Blanchard fonce. Dudley jette la bouteille et entre dans la chambre des parents. *Aaah, oui* – la lettre.

いま迫り来たる災厄は　われらの招きたるものに非ず
われらは善き市民であり　かかる事態を知る身に非ざれば

Le médecin Jap entre dans la chambre. Impeccablement vêtu pour un appel d'urgence – à 1 h 30 du matin.
– Vous lisez le japonais, docteur Ashida ?
– Oui, lieutenant.
Dudley désigne la lettre. Ashida l'examine.
– L'apocalypse qui s'annonce n'est pas de notre fait. Nous avons été de bons citoyens et nous ne savions pas qu'elle allait se produire.

Mise en pages
PCA – 44400 Rezé

Imprimé à Barcelone par:

BLACK PRINT

Imprimé en Espagne
Dépôt légal : fèvrier 2014